鄒氏女

章詒和——著

目次

引子

清晨，張雨荷往鋁質雙耳飯鍋裡扔進一杓剩飯，加水，加切細的青菜，大火煮開，加鹽，攪兩下，蓋上鍋蓋，燜十分鐘，做成一碗南方人喜吃的「菜泡飯」。原本青菜絲是應該用油炒熟才香，但經過底層磨礪，她習慣了簡陋、草率。再從玻璃瓶裡夾出一塊玫瑰腐乳——這便是早餐了。胡亂吃下，之後漱口，把短髮用木梳「刨」兩下，連鏡子也不照，知道自己再收拾也是一副倒楣相。拎上仿革黑提包，鎖了房門，走出了機關宿舍。

起風了，吹動了馬路兩側的梧桐樹，樹葉沙沙作響。離開省城整整十年，重返城市，覺得唯一沒變的就是人行道上的老梧桐。

一九七八年秋，張雨荷跨出了監獄大門。這在很多人的意料之中，因為在她的現行反革命罪行裡，最重要的一條就是惡毒攻擊偉大旗手江青同志。一九七六年十月旗手倒了，張雨荷出獄的機會就來了。一年後，S省法院宣布「無罪釋放」，人也回到省城。公安廳負責她的冤案糾正工作，開了個省直文化系統的平反大會。會上她最後一個發言，都以為要熱淚盈眶地千恩萬謝，誰知只說了一句：「我好歹走在了有陽光的路上，可惜更多人死在了沒陽光的地方。」主持會的公安廳負責人的臉立馬「黑」了。

文化廳負責張雨荷的政策落實工作，找她談話。她對人事處處長說：「我有兩條要求。一、不回劇團，因為十年前就是從那兒抓走的。二、我要住機關宿舍，好歹一間就行。因為機關宿舍有食堂，我懶得做飯。」

人事處處長想了想，說：「我盡力吧。」

張雨荷口氣柔和地說：「不給房子，我就住到你家。」

「你敢？」

「你看我敢不敢。別忘了，我是從大牢裡放出來的。」

文化廳的最高長官是廳長，這一任的廳長姓伍，單名柏，是一個全國知名女作家的親姪，喜歡舞文弄墨，省報上常有他不長也不短的散文，寫寫風景名勝，說說文壇掌故。伍柏對張雨荷安慰道：「放你半年假，四處走走吧！回來的時候，你的工作安置和房子問題，大概就基本解決了。」

「好，我等著。」

張雨荷從南京、蘇州、上海、杭州轉了一圈回來。果然，伍廳長說到做到。工作安排好了，在文化廳劇目室當幹部，道地閒職，絕對冷差。上班無非是喝茶、看報和閒聊。若有歌舞、戲劇、曲藝演出，就去禮堂、戲院泡上一個晚上。第二天劇目室評估演出，張雨荷低著腦袋，一遍一遍看說明書。同事叫她發言，她說：「我剛出獄，現在只會罵人扯謊偷東西，專業知識全忘了。」

這話把劇目室主任氣得夠嗆，跟伍柏廳長說：「把她調走吧，有這個人跟沒這個人一樣。」

伍柏瞥了一眼：「人家關了十年，沒瘋就是好的。等恢復了靈氣，興許你還趕不上她。」

張雨荷的住房也分配好了，是機關宿舍沒人要的一間「三無」小平房。所謂「三無」即無衛生間，無廚房，無日照。之所以沒人肯住，主要原因是最後一條，嫌二十四小時無日照，人稱「陰宅」。張雨荷二話不說，扛著鋪蓋卷，搬了進去。她不嫌，這比住牢房強多了。她不買家具，到機關庫房去找，那裡破桌椅，破衣櫃，破書架，一應俱全，張雨荷挑了幾件拉到「陰宅」，燒一大鍋開水，放點鹼粉，把所有的舊家具燙過，拿刷子刷上幾遍，再晾乾，就用了起來。老家具咋啦？收過屍的她，死人的東西也敢用。

以往的張雨荷愛說笑。不承想，平素所講的閒話、怪話、牢騷話、落後話、反動話在「文革」中被一一揭發出來。她在劇團供職，演員揭發的時候，添油加醋，繪聲繪色，有的還加上表演。原本很普通平淡的一句話，經過形象化處理，都成了射向社會主義和黨的枝枝毒箭，飽含惡意。出獄後的她，決心接受教訓。偌大一個省文化廳上下幾十口，她誰也不搭理，唯有兩人例外。一個是食堂賣飯菜的黃大媽。中飯，晚飯，張雨荷餐餐頓頓都提前來到食堂。端著兩個大大的搪瓷碗，候著。黃大媽在哪個窗口賣飯菜，她就站在哪個窗口。小玻璃門兒一拉開，張雨荷總是笑咪咪地叫聲：「黃大媽！」又笑咪咪地看著熱騰騰的米飯和香噴噴的炒肉，盛進自己的碗裡。臨了，還不忘笑咪咪地說上一句：「謝謝啦！」一時間一長，話就多了，張雨荷常向她請教：「豬肝湯怎麼做才香？」「蒜苗炒臘肉，你是怎麼做的呀？」週日，機關食堂關門，張雨荷自己燒菜。

到了週一，她會主動向黃大媽彙報自己的「烹飪」心得。兩人親熱極了，黃大媽給她的飯和菜總是比別人多。其實，張雨荷原本就會燒菜，她不過是裝傻賣乖罷了。這是監獄裡帶出來的毛病，女囚們個個討好犯灶的炊事員，只為碗裡能多上兩口飯，一勺菜。

張雨荷搭理的第二個人，是文化廳傳達室的李大爺。劇目工作室只有一份省報，這張省委機關報，她在大牢裡足足朗讀了十個春秋，現在都「條件反射」了：瞧見報頭，人就暈。她從讀中學開始，就喜歡翻閱報紙和雜誌。家裡，父母訂閱了《光明日報》、《文匯報》、《中國青年報》，且一定就是十幾年，直到「文革」抄家，掃地出門為止。外省的報刊雜誌，文化廳裡也是有的，不過都是給處長級以上幹部訂閱的。

張雨荷跑到傳達室，親熱熱地叫著：「李大爺！」接著跟李大爺商量：「每天清晨能不能把《文匯報》和《光明日報》先讓我翻翻，之後，再分別送給電影處處長和藝術處處長？」

李大爺問：「這兩份報紙，你要翻多久？」

「頂多半個小時吧。」李大爺點點頭，算是答應了。

「啪」的一聲，張雨荷把準備好的一袋上海奶糖撂到三屜桌上。

上班後的張雨荷時不時在文化廳辦公樓的過道裡，與伍柏不期而遇。伍廳長喜歡和她閒扯幾句。這天下午，快下班的時候，他們碰上了，在辦公大樓前面的水泥小路。小路是通向庭園的，文化廳修了一個小巧的庭園，四季有花。為的是職工做完工間操，還可以散散步。

伍柏問：「聽說，你現在是獨身。」

「是。」張雨荷答。

「不小了，三十幾了？」

「不是『不小了』，是挺老了。」

「找個合適的吧！再趕緊生個孩子。」

「不想嫁人。」

「為什麼？能跟我說說嗎？」

張雨荷把目光投向天空，說：「不為什麼，我喜歡獨身。」

伍柏搖搖頭：「時間再久一些，你會改變主意的。」

廳長匆匆走了，小路就剩下張雨荷。以往，她覺得這個庭園很熱鬧，也花哨，今天開粉花，明天開黃花，一派草木氣息。走進稍遠一點的松林，特別讓人心曠神怡。但是，此刻不同了：樹葉稀疏了，色調凝重了，陽光也傾斜得厲害，倏忽的光線，像個逃學的孩子溜進樹林，很快又溜走。陽光的痕跡消失得無影無蹤，如同自己告別了的青春……張雨荷加快腳步離開庭園，免得傷感。回到辦公室，剛好下班，慌忙收拾好鋼筆、筆記本和正在死啃的黑格爾《美學》。

走到機關門口，李大爺叫著她的名字：「張雨荷，你的信。農場的！」

一定是她，一定是她了——張雨荷心裡一下子收緊了。

她是誰？

她叫鄒今圖。一個讓張雨荷「獨身」至今的女人。

張雨荷站在機關門口，急惶惶把信封拆開。沒錯，就是鄒今圖寫來的。紙薄，信短，監獄有規定：一封信只准寫二三百字，只許寫給親人。

張雨荷：

原諒我直呼姓名，既不能再叫你同改，也不能稱你為同志。

知道你釋放了，又恢復了工作，我太高興了！你好嗎？我們不是親友，所以給你寫這封信是經過鄧梅幹事特別批准的。要告訴你的是，今後我會更加努力地、自覺地勞動改造，爭取人民政府寬大減刑，提前釋放，為的是早日和你見面。

祝你思想好，工作好，身體好！

鄒今圖

張雨荷沒有直接回宿舍，而是到一家電影院買了張印度老電影《流浪者》的票。她要用拉茲與麗達的故事，趕走對監獄的回憶。但是回到宿舍，人躺床上，鄒今圖就鑽進了她的腦子。

人未合眼，心已亂。

上編

第一節

張雨荷到M勞改農場女犯中隊，就認識了同在二工區勞動改造的鄒今圖。她給人的印象很不一般：如男子一樣的壯碩，比所有女人都靈巧。出工，她走在前面。跨一步，頂別人兩步。收工，也走在前面，別人筋疲力盡，她神采奕奕。回到監舍，大多數女犯在洗洗涮涮，鄒今圖已收拾得妥妥當當，換上乾淨衣褲，盤腿坐在鋪位上，一針一針納鞋底了。她的面孔無論從正面看，還是從側面瞧，都帶「男相」，四方臉型，鼻隆嘴闊，皮膚微黑，眼珠是灰黃色的，頭髮粗得嚇人，好像每一根都能當鐵絲用。鄒今圖的針線活兒實在好！拿上針線，那粗大的手指頓時柔軟起來。繡花針拖著細細的五色棉線，像著了魔一樣，飛來穿去，纏來繞去，又服服帖帖落在布上，組成美麗的圖案。她和劉月影的女紅是中隊裡最好的，差別就在花鳥圖案的設計和顏色上了。劉月影的豔麗，她的淡雅。

張雨荷喜歡看鄒今圖刺繡，除了她喜歡看，那個半瘋癲的留美博士李學珍也喜歡看，而且一看，就不說胡話了。張雨荷沒看幾回，二工區組長蘇潤葭就警告張雨荷：

「別接近她。她是根針，你若成了線，那就纏死了。」

張雨荷奇怪：「什麼叫纏死呀？」

「黃君樹就被她纏上了，每年挨罰。」

「她倆咋啦？」

蘇潤葭不答。

「到底怎麼啦？」張雨荷又問，

蘇組長悄聲吐了三個字：「磨豆腐。」

「什麼叫磨豆腐？」張雨荷忽地懂了，喊了一句，「是不是同性戀呀？」

「你喊什麼！」蘇潤葭狠狠瞪了一眼。

張雨荷覺得自己是「蒙」對了，對「磨豆腐」三個字，卻是不解其意。

自蘇潤葭提醒後，張雨荷也曾留心觀察，似乎鄒、黃二人的行止沒什麼異樣。她對黃君樹印象不錯，清秀，纖弱，沉靜。從不說髒話，還有難得的文氣。

初夏，週六的晚上，女犯中隊陳司務長，從收音機裡聽了天氣預報後，便把張雨荷叫到隊部辦公室，說：「我不得空。派你明天下山到縣城的糧站，把我們中隊下個月的囚糧指標辦好。」

「是。」張雨荷站得筆直，簡直是喜出望外！

陳司務長隨即將蓋了農場公章的三聯單遞給她，又從上衣口袋裡掏出兩元錢鈔票，說：「你在縣城給我買兩包代乳粉。陶陶等著要吃。」陶陶是她的兒子，一歲多。陳司務長又補充一句：「你帶張塑料布去，把代乳粉包好，聽說明天有雨。」

回到監舍，易風竹問道：「是哪個幹事叫你？」

「陳司務長。」

「司務長叫你，準是有好事。」

「為什麼？」

她舔舔乾癟的嘴皮，說：「司務長喊犯人辦事，肯定是要你買吃的、穿的，對不?生產幹事派犯人到場部，肯定是領農藥，扛化肥。最怕管教幹事喊犯人，一定是有誰檢舉了你，叫你去『背書』。」

蘇潤葭打斷易風竹的話頭，說：「你就會講勞改經。晚上政治學習，讓你說說國內外大好形勢，怎麼吐不出一個字來?」

聽說張雨荷明天要進縣城。那些坐在自己鋪位上打補丁的、納鞋墊的、靠著枕頭養神的女囚，都圍攏來了：

「你幫我帶半斤糖吧，我給你錢。」

「我要一塊香皂。」

離張雨荷鋪位最遠的犯人叫陳慧蓮，她從枕頭底下摸出一個小皮夾，翻出錢來，請人遞給張雨荷，懇切地說：「你明天進城，幫我買半斤水果糖，要上海貨。我有時發虛，心慌，嘴裡含顆糖，人就要好受些一點。」

陳慧蓮七十歲上下，是天主教徒，面容消瘦，不苟言笑，一對眉毛，彎似柳葉，一口好牙，細密潔淨。無論三伏還是三九，都是一件雪白的襯衫貼身，再配上煞白的皮膚，別說是監獄，就是在外面，這樣的老婦也是少見。張雨荷小時讀教會學校，能想像出她昔日的儀態來，怎地也發配到這裡了？姜其丹偷偷告訴她，「她犯的是裡通外國罪」。

張雨荷問：「是向外國人提供情報啦？」

姜其丹把頭一歪，輕蔑地說：「胡扯！拿我來說，僅僅和教會裡的外國人說幾句話，也是裡通外國。」

平素，張雨荷同姜其丹很「合拍」，甚至不用說話，憑眼神就能交流。犯人之間的「過節兒」，張雨荷搞不明白，除了問蘇組長，就去找她，而且她比蘇潤葭有人情味。

張雨荷對陳慧蓮說：「你的病靠吃糖不管用，要找衛生員才行。」

「你是指那個吳豔蘭嗎？」她搖搖頭。

「她怎麼啦？」

陳慧蓮說：「這個人心腸不好，從來不把我當病人。」

「為什麼？」

「嫌我是資產階級加帝國主義走狗，罪大惡極。」

「吳豔蘭是一貫道，她有資格說你？我看天主教比一貫道強。」張雨荷這句話，讓從來不笑的陳慧蓮，笑出了聲。可憐她瘦成一把骨頭，張雨荷說：「半斤太少，吃不了幾顆就沒了，遇見奶油的，就給你買一斤吧。」

「奶油糖？」陳慧蓮眼裡閃出光亮，接著又嘆氣，說：「不能多買啊，我和你不同，沒有經濟來源。」

陳慧蓮是老病號，心臟病嚴重。這病在外面還有治，可到了監獄，只有等死。女犯中隊的幹部批准她不外出勞動，已是法外施恩，特別寬大了。姜其丹暗中幫她料理生活瑣細，為此多次受到點名批評。她不管，照樣幹。一次，給陳慧蓮洗內褲，被告發。晚上，在小組學習會上，她站在當中，工區幹事鄧梅問：「你錯了沒有？」

姜其丹答：「錯了。」

「錯在哪裡，你說說。」

「錯在違反監規。」

鄧梅問：「監規怎麼規定的？」

「犯人之間不得互相拉攏。」

「下次陳慧蓮叫你洗東西，你做不做？」

姜其丹不答。

「你還做不做？」

她低著頭，只是低著頭。

鄧梅急了，走到她跟前，吼道：「你以後還做不做？」

姜其丹仍是不吐一字。

「啪」——鄧梅伸手搧了她一個耳光。

這是張雨荷第一次看到鄧梅發威，打人，沒想到挨打的是姜其丹。姜其丹當沒事兒一樣，把頭一扭。扭頭的一刻，與張雨荷的目光相遇了。那一瞬，張雨荷覺得她就是英雄。

張雨荷接過陳慧蓮的錢，姜其丹就湊過來問：「她給你多少錢？」

「五毛。」

「你等著，我再添幾毛。」

別看監獄犯人穿一樣的衣，吃一樣的食，日子還是不同。張雨荷的母親每個季度都有匯款，儘管每次不過兩三塊錢，但就憑著這個，她成為女囚們最羨慕的人。像死去的汪楊氏，儘管有四個兒子在公社勞動，可她還要從每月二塊五的零花費裡積攢點錢，春節的時候寄給兒子，嘴裡不停地唸叨說：「當社員還不如當犯人，只有工分，沒有現錢。」劉月影不也是攢錢寄給在成昆線上工作的兒子嗎？差別就是這樣大。張雨荷覺得監獄苦，可許多農村犯法分子覺得囚徒除了沒自由，日子過得比社員強！怪了。

即使沒有政府提倡和展開「改造與反改造」鬥爭，犯人之間也始終存在著無法消除的摩擦、隔閡與罅隙，由此生發出許多的口角、較量，甚至打鬥。然而，在「吃」上，所有的罪犯都是一致的。

「張雨荷，給我買一個豬肉罐頭吧，記住！挑的時候，要選豬油多的。」說話的是黃君樹。

「我怎麼知道油多油少？」

黃君樹說：「你就看玻璃瓶子裡上面的那層白油嘛，厚，就是油多；薄，就是油少。」

張雨荷笑了：「我還真的長了見識。」

李學珍湊了過來，從上衣口袋裡拿出一張新嶄嶄的五元錢鈔票，大聲道：「我要買十斤糖！」好神氣！

易風竹從後背給了她一拳，說：「你以為在美國吧？想得倒好，十斤糖！」

監舍的人哈哈大笑。張雨荷說：「我買不了那麼多。」

李學珍氣呼呼，問：「為什麼你給黃君樹買？給陳慧蓮買？分明是不平等嘛！」

很久沒聽過「平等」這個詞兒了，張雨荷接過了女博士的錢，說：「我盡量吧，能買多少就買多少。」

待眾人散去，蘇潤葭對張雨荷說：「明天給我稱半斤豆瓣醬。有時嘴裡頭真沒味兒！喏，這是瓶子，裡頭有兩毛錢。」

「你怎麼把鈔票放到瓶子裡？錢是最髒的東西。」張雨荷說。

「再髒，也沒這裡的人髒。」

「我就覺得自己不怎麼髒。」張雨荷說。

雖然監規上規定，罪犯不得高聲喧譁，實際上，只有等所有的犯人都入睡了，這間擁擠著幾十人的牢房，才會有寧靜。

無需多久，監舍裡鼾聲起伏。張雨荷一向患有失眠症。到了勞改隊就無藥自癒了。其實，有藥：這藥，就叫「累」。收工回來，累得連話都不想說，只想躺倒，躺在哪兒都可以，倒在什麼地方都行。這個夜晚張雨荷毫無睡意，全副心思地盤算：明天進城自己該吃什麼？炒肉一份，是肯定要買的，要一口氣吃光，一片也不剩。若碰上炒豬肝，也要嘗上一盤，唉，好久沒嘗了。要吃上兩根焦黃的、香香的油條，還要一碗炒飯，再要一碗餛飩，一碗醪糟，裡面的雞蛋要放兩個，起碼兩個。最後還要吃點甜的。張雨荷很清楚，犯人來自五湖四海，有的在家裡聽留聲機，有的門前聽狗叫，有的讀了半輩子書，有的種了一輩子莊稼，如今同睡一條鋪板了，還有了許多相同處。最大相同處是都想吃好的，如一碗白米飯，一塊大肥肉。

第二天起來，張雨荷的精神並未因失眠而萎靡。當班的幹部是中隊長，見她穿的衣服不像是上山勞動，便問：「你今天去幹什麼？」

張雨荷答：「報告中隊長，是昨天陳司務長讓我進縣城拿囚糧的三聯單。」

中隊長又問：「就派你一個？」

「是。」

陳司務長大概是聽見了中隊長的詢問，忙從自己的房間走出來，解釋道：「就是到縣城拿張三聯單嘛，派個有文化的犯人去就夠了。」

中隊長點點頭，不再說啥。

張雨荷心裡高興透了：這一下，沒人監督了，想吃啥，吃啥了；想吃多少，就吃多少了。

張雨荷下山了，快步如飛；如同懷春少女撲向渴望已久的情人。

第二節

這個靠近西南邊陲的縣城，北倚元寶山，南臨沙白河。顧名思義，那山，遠看狀如元寶；那水，一眼可見河底白沙。據說，從小喝這水長大的女子都是眉眼柔似水，皮膚如白沙，即使相貌平平，也是別有風致。

鄒開遠算是縣裡有頭有臉的人。鄉下有田土，城裡開藥鋪。開藥鋪是經過掂量的，不管你有錢還是無錢，不論你是國軍還是共軍，人都會生病；即使落草為寇，也有生瘡害病的時候。所以，越是動盪不安，兵荒馬亂，藥鋪的生意就越興隆。鄒開遠善於經營，也懂點醫，一些丸散膏丹還能親手配製，常說的一句話是：「未知病，焉知生。」他憑做事用心，沒幾年就發了。在待人接物方面，多採取「守勢」，都是別人找上門來。就這樣一個看起來比較消極的處世態度，卻使他在縣城有了不錯的人緣。

這個所謂縣城，無非有一條貫穿全城的馬路和幾條小巷。那時所謂的馬路，根本算不得馬路，土路罷了。巷子的名稱，都易記好聽。玉蘭巷，是因為街的兩頭各有一株玉蘭。煙袋巷，是由於街巷在三分之二的地方拐了一個彎兒，呈煙斗狀。水塔巷，那裡肯定有座水塔。鄒開遠的藥鋪坐落在藍白巷，巷名以一個染房命名，它專營以蠟染之法做藍白圖案的土布。雖為藍白二色，卻美麗奇絕，什麼時候看，都清爽宜人。在染製的圖案中，又以「八卦圖」、「蝶穿竹」和「葫蘆萬代」三種圖案最有名。「藍傘把天撐得穩，魚蟲鳥獸都開心」，這是當地流傳的「蠟染歌」裡開頭兩句，說得一點不錯。

讀過私塾的鄒開遠，沒打算把生意做多大，日子過得滋潤，手裡有些閒錢，足矣。他喜歡老莊，處世超脫，再煩心的事，也能淡然處之。「活在亂世，能安心賞月，就行了。」這是他常說的一句。對生老病死，他持宿命觀點，說：「別惦記長壽，無非說來好聽。依我看，越想長壽的人越早死。閻王爺手裡掌著生死簿吶！什麼時候想起來你，硃筆一勾，就跟著走了。」鄒開遠的日子也簡單，每日兩餐，下午一頓，大多在家，必有他吃不膩的一盤蒜泥白肉，半斤起碼。旁邊是個小碗，碗裡裝的是米醋。白肉蘸米醋，一片接一片，三下五除二，能把這整盤肉全都塞進肚子裡。到了娶妻的年齡，他身體健壯，品貌周正，唯一不足的是眉毛略淡，眼睛略小，顯得英氣不足。但因家產殷實，為人踏實，仍是縣城裡受尊敬和被羡慕的人家，都說誰家的小姐能嫁到鄒家做兒媳，才叫福氣呢！按著老規矩，「父母之命，媒妁之言」，在父母包辦下，經過一番挑選，他結婚了。夫人金氏，眉清目秀的，是一家茶莊的獨女。茶莊經營的是本省盛產的沱茶和紅茶，通過船運，販賣到外省。

成婚那日，諸事順心。喝喜酒的人，沒個不高興的。唯有揭蓋頭的時候，鄒開遠急了些，氣力大了些，不小心把斜插在新娘鬢角的簪花，扯了下來。女客們不覺「呀」地驚叫，老輩們說，不要緊，撿起插上就是。誰知新娘把頭一扭，不幹了，背轉身去。好一陣勸，才又重新面對新郎站好，婚禮得以繼續，但熱鬧氣氛似乎差了一截。

夜靜了，洞房裡傳出男女間的對話——

「為什麼不讓我把花兒戴上？」

對方沉默。

「是嫌我嗎？」

「不是。」

「那為啥？」

「簪花本是個又乾淨、又講究的物件，一旦落到地上就任人踩踏了。」

鄒開遠問：「那你讓我踩踏嗎？」

對方又是沉默。

「說呀？」

「不說。」

……

裙翻綠浪，袖洇紅霞。畢竟是開藥店的，那床上氣象萬千，與尋常男人自是不同。女人先是心滿意足，之後就氣喘吁吁地求饒——若再來一次「踩踏」，自己就要被踩死踏穿了。征服女人需要有「十八般武藝」，從涵心養性到一飲一啄，鄒開遠慢慢施展，白天是一絲不苟的老闆，夜裡是天塌地陷的鬥士。他喜歡女人，性慾旺盛，但更重要的原因是太想要孩子了。

鄒開遠深情地對妻子說：「以後，你想吃就吃，想睡就睡，自在得跟『風擺柳』一樣。可就是要給我生孩子啊。」

「嗯，生。」女人羞得深深地把頭埋進了被子。

知道妻子喜歡花草，鄒開遠讓夥計在院子裡栽上一排杜鵑，一排山茶，紅白兩色相間。又砌個花壇，種上梅與菊，希望從春到夏，都有花可看，有香可聞。他覺得這樣才與花模樣、玉精神的妻子相匹配。

妻子從不過問丈夫的藥鋪，一月下來掙了多少錢，半句也不打聽。因為識字，金氏能整日看書，《紅樓夢》翻了無數遍。也寫字，每日兩頁小楷。若有戲班到縣城唱戲，那是一定要去的，什麼《王二姐思夫》呀，《杜十娘》呀，場場不誤。很多戲的劇情來自《醒世恆言》、《警世通言》，她太熟悉了。這些書在娘家就都看了的，尤其喜歡看好角兒的表演。像王二姐思夫之時和杜十娘跳江之前的大段唱腔，實在是好，聽了還想聽。鄒開遠知道自己女人是蘭心蕙質，冰雪肚腸，便也放手讓她去聽。一次鄒開遠多喝了酒，趁著酒勁，用一根筷子敲著酒杯的杯沿兒，一手按住金氏肩膀，說：「你能給我唱一段『思夫』嗎？」

金氏嗔道：「我是妻子，不是戲子。」以後的金氏也還是看戲，但熱情大減。這件小事，讓鄒開遠看到妻子性格裡冷靜的一面。

金氏善女紅。說起來，也是家傳，自幼就勤習刺繡，衣服，圍裙，荷包，鞋墊都可以繡出圖案來，圖案以花朵、飛禽和幾何圖案為主，樣子都嬌柔可愛。有一次，鄒開遠看到她繡的一塊門簾，深藍土布上是一對飛翔的白鳳凰，那張開的翅膀就像眼前有空氣蕩漾其間。丈夫感慨地問：「你是仙女下凡嗎？」

春華之後，跟在後面的是秋實。一日，金氏嘔吐得一塌糊塗，人頓時軟了下來，白淨的臉變得蠟黃，有時幾乎走不動路，身上像沒了骨頭。問醫後得知：有喜了。告訴丈夫，鄒開遠興奮得成了一個孩子，圍著院子轉了幾個圈子，兩隻手也不知道該放在哪兒了。接著，就開始在這座小縣城裡轉悠，酒館，茶館，布店，肉鋪，乾果雜貨店，理髮館，都轉悠到了。最後，往縣城中央的交叉路口一站，盡情感受到近似春風般輕柔、又近乎秋陽般的溫暖。回到家裡，對妻子說的第一句話就是：「我要給你找個丫頭，好好伺候你。」

挑個小丫頭或選個老媽子，還不容易？偏偏碰上這個心高氣傲的金氏，就難了。

來了一個，初試還行。幹了不足一月，就打發了，嫌手腳太笨，端一碗粥，死掐著碗沿兒，指甲蓋兒都「掐」進粥裡了。

又來一個，也是幹了沒多久，嫌腦子發「木」，夫人問一句，張著大嘴，兩眼朝天，半天不答。於是，又打發了。

再來一個，還算滿意，不笨也不傻。正待「轉正」，卻發現脾氣太大。一次，把湯麵做鹹了，金氏說了一句，這就不行了，跺腳又噘嘴，弄得金氏反去哄她。於是，再次打發。

事情大概就是需要繞來繞去，才有著落。一個年輕的女子出現了，據說她來自很遠的地方——自稱叫六九，即「留久」之意。金氏把她留下，改字不改音，叫留玖。

留玖生得水靈，鳳眼，薄唇，兩道劍眉斜插鬢角，給人一種靈巧、自信，甚至帶著幾分凌厲的感覺，學啥都快。一副好身子骨，身輕如燕，走起路來像一隻隨風飛舞的蝴蝶。金氏不讓她幹粗活，就擱在身邊當個貼身丫頭使喚，陪自己打發時光。初來，以為留玖會覺得日久生厭，偷著出去玩玩，誰知她非但寸步不離，還常常給她揉腿捶背，一個時辰下來，額頭上連個汗珠也無。這更讓金氏把她當成寶貝。

肚子漸大，留玖主動提出給金氏洗澡擦身。初夏的夜晚，留玖把洗澡的大木盆端到臥室，先把一壺熱水倒進盆裡，又燒一壺放在盆邊，好隨洗隨續。再拉上窗簾。

金氏說：「太暗了吧？」

留玖低頭說：「暗呀，暗才好。」

衣褲盡褪，全身赤裸，金氏自己倒有些不好意思。留玖卻不在意，從容攙扶她坐進盆裡，再用自己細長的手指，往她身上撩水，不時地問：「燙嗎？」滑膩的肥皂泡沫塗滿了上身，香氣四溢，前胸，肩膀，脖頸，後背，腰，腹，胳膊，大腿，小腿，腳趾，順次洗來，金氏深吸一口氣，說：「好舒服！」留玖攥住金氏肥大的乳房，細細地上下搓，慢慢地左右揉。燈下，留玖的臉上興奮得竟有了紅暈。這情景太誘惑人，能引發出心底一股無名的衝動，儘管是女人對女人。留玖攙著金氏兩隻胳膊，讓她站在盆裡，細聲道：「我給你洗洗下面。」

金氏任她擺布了。留玖把沾滿的肥皂泡沫的一隻手，伸進屁股夾縫中間，有如探路。金氏感到不慣，說：「那個地方，我自己來吧。」

「我來吧！肚子大了，不好彎腰，也搆不著。」留玖說這話，並不看金氏。

留玖用兩根手指圍著陰蒂，像轉圈一樣，轉了又轉，來了又去，去了又來。金氏大驚，用手臂把她的手擋開，說：「你別洗了！」

「這兒最髒了，我要好好洗。」留玖的聲音與神情，全然不可琢磨。

在用毛巾給夫人擦乾的時候，留玖說：「眼看著入夏，這澡往後就更要勤洗了。這事，得聽我的，要是嫌我手指頭不好，下次，我用腳趾頭洗。」

「腳趾頭洗？」金氏眼睛瞪得老大、老大。

「對呀，用腳趾洗下身，會更舒服，洗了還想洗。」

這個本名叫「六九」的女子，到底來自哪裡？天上的仙女？還是地獄裡的妖精？金氏覺得自己的神志恍惚起來。

驟然間，有風掠過，從窗簾的縫隙吹進，涼啊！站在身後的留玖伸出雙臂抱住金氏的粗腰，小臉貼著她還冒著溼氣的後背，說：「太太，別怕，有我呢！」

金氏的手指找到了留玖的手背，不想，這手背的皮膚竟也光潔潤滑，她哪裡是丫頭？

夜裡，金氏對丈夫說：「這個留玖，人小鬼大。」

鄒開遠問：「她怎麼啦？」

妻子說：「今天她幫我洗澡，那個媚勁兒啊！洗到你去的那個地方，還把手指伸進去。我都有點受不了。」

丈夫笑了：「她是個女的，我怕啥！」

金氏說：「她可不是傻丫頭，我看呀，她將來不是咱們家的福星就是禍根。」

「你別胡說。」鄒開遠的一隻胳膊支著下巴看著愛妻，一隻手掌握住她的乳房，動情地說，「給我生個兒子，快點生，我都忍不住了。」

「啥忍不住了？」洗澡後的金氏心情大好，有意挑逗了一句。

鄒開遠的手一下子滑到她的私處，說：「丫頭只是外面轉，我是要進去轉。」

金氏有些得意：不管肚子多大，自己還是有誘惑力的。

孩子出生了！

第三節

張雨荷踏進縣城大街，人就亢奮起來。如果拿面鏡子照照，耳朵一定是立著的，鼻孔也張大許多。走過茶館，聞到茶香；經過飯館，聞到飯香；路過理髮館，聞到肥皂香。迎面走來一個幹部模樣的女人，她聞到了百雀羚牌凡士林的氣味，連肉鋪飄過來的腥氣，都是好久沒聞過的了。從被關押的那一天開始，張雨荷就認定自己告別了塵世，也結束了靈魂。日子越來越漫長，內心越來越悲涼。之所以悲涼，除了牢獄之苦，還源於她所熟悉的生活的死亡。如美食，如飲茶，如讀詩，如聽戲，以及少女的對愛情的幻想。總之，你不是你了。

竹色濃鬱，白雲爛漫。萬不想，這個連房子都成不了片的縣城，讓這個生長在大城市的張雨荷復活了：從心臟、肺葉通過血脈和神經，迅速蔓延到筋骨、四肢；所有的關節都放鬆了，所有緊縮的肌肉都舒展了。張雨荷想起從前看過的一本書，那上面說：對跌入犯罪深淵的人，拯救辦法有懲罰，有教育，有勞動，有感化，等等。其實都錯了，以自己的切身體會而言，搭救囚犯的最好辦法就是吃。一旦吃到人間美味，他（她）們的心連同情感，就會返回人間，有如莽漢在一桌可口的家常菜面前，能夠迅速服帖安靜下來；怨女呷一口清純的美酒香茶，就會把積鬱心頭的憂愁化解排開。

她先到縣糧食局，把囚糧三聯單辦妥，辦事員抬眼看看她，說：「沒想到你的普通話，說得這麼好。」

張雨荷說：「我是外省人。」

「外省人怎麼到我們這兒來蹲監獄？」

張雨荷笑道：「只要不小心，就能犯罪。」辦事員聽了，直點頭。

為買豬肉罐頭，她跨進縣城最大副食店。張雨荷請售貨員拿了三個同樣的罐頭，並排放在一起，俯身躬腰，讓眼睛和櫃檯持平，像射擊手那樣——閉一隻眼、睜一隻眼地瞄準這幾個玻璃罐頭，以判斷哪個罐頭裡的白色豬油多一些。

售貨員等得有些不耐煩，說：「別看了，都差不多。」

張雨荷客氣地說：「剛看都一樣，細看還是有區別。」

「區別也就在多一口、少一口之間。」

「多一口，不也是多嘛。」

售貨員不再說啥，索性讓她挑個夠。

該給蘇潤葭買豆瓣醬了，男店員揭開裝醬缸的蓋子，滿屋立即瀰漫著一股既臭又香的氣味，雖然不好聞，但也是好久沒聞過了。張雨荷拿出裝在人造革手提袋裡的玻璃瓶，請小伙子盡量用長把鋁杓「搉」缸底的醬。

「底下的醬稠，你倒機靈哇！」男店員笑了。

「我們下一次山，進一次城不容易。」

「你打哪兒來的？」

「山上的農場。」

小伙子不錯，淨撈稠的給她。

輪到給陳慧蓮買糖果，張雨荷早就盤算好了：若遇上上海奶糖，除了給陳慧蓮買半斤，她會用母親寄來的錢給姜其丹買二兩，儘管姜其丹自己沒說買糖。倒楣，一連跑三家，就是沒有上海產品，只好稱上半斤省城一家糖果廠生產的水果糖。

肥皂沒買呢，又去百貨店。突然，張雨荷發現了繡花的五色線！仔細端詳：居然是絲線，難怪發光呢。被一種莫名其妙的念頭驅使，她毫不猶豫地掏錢，買了六支。紅色、綠色、黃色的，送給楊芬芳；藍色、白色、粉色的，送給鄒今圖。邁出店門，她才想起犯人互贈物件是違反監規的，那就偷偷地送吧。張雨荷把絲線塞進了自己的錢包。她自己也不明白為什麼要給她們買絲線。也許就是為了好看，絲線好看，繡出來的圖案也會好看。監獄裡好看的東西，實在太少了，少到幾乎沒有。一切都讓人感到苦澀，晦暗。

該辦的事都辦好了，現在要辦的最最重要的事，就是吃。要吃，要大吃，要吃到死！

縣城裡飯館有幾家，集中在一個比較熱鬧的地段。想吃的東西太多，怕小飯鋪裡的種類不齊，張雨荷挑了一家較大的餐館，進去了，選了一個角落坐下。正午十二點時間早就過了，顧客不多，這正合她的心意。她先要一份炒肉，一碗豬肝湯，一碗白米飯，兩根油條。等上菜的時候，她打量這家飯館，發現飯館還不壞，白灰砌牆，水泥鋪地。進門處就是售酒的櫃檯，有大酒缸和中等大小的瓷酒罈，裡面裝的是當地的自製的燒酒。廳堂擺滿方桌和木椅，廳堂的後面還有一個又陡又窄的木梯通到二樓。二樓不營業，估計是住人的地方。樓梯拐角處有一扇門，所有的熱氣，菜味，飯香，都是從這扇門裡飄出來的。張雨荷想：裡頭一定是廚房了。

一盤青蒜炒肉，青蒜多又長，肉片薄且少，一口氣吃光，一片也不剩；豬肝菠菜湯，菠菜嫩，豬肝老，一口氣嚥下喝盡；一碗白米飯，稗子顧不上挑揀，幾下子扒進嘴，一粒米不剩。張雨荷的嘴不住地張開來，又合攏去。吞著，嚼著，乾枯的腸胃像狼虎一般地消納著。在等餛飩和排骨麵的時候，她開始撕咬油條，這時才發現手上的筷子原來是油膩膩的。黑乎乎的地面，到處是丟棄的瓜子殼和菸頭；飯桌上還有一層汙跡，用指甲一劃，能寫出字來。不過，張雨荷早就不在乎所謂的衛生了。飯館再不衛生，也比監獄衛生。

到了吃餛飩和排骨麵的時候，張雨荷不再「秋風掃落葉」，從容多了，舌頭也恢復了味覺。知道在餛飩湯裡滴上幾滴醋，在排骨麵上撒上一點辣椒末。

「服務員，我還要一碗醪糟，裡面放兩個雞蛋。再要兩根油條。」這是張雨荷第三輪點菜。女服務員聽了，直翻眼皮。

張雨荷用湯杓扒拉著醪糟裡圓滾滾的荷包蛋，看著它們在不大的湯碗裡打轉，這時隱隱覺得自己是吃飽了。有些年頭了，自進省城的看守所以來，她再沒飽過，和她住在一起的人犯，都沒飽過。看著金色的、柔軟的蛋黃，她想起了幼時母親用手剝去蛋皮，把煮熟的雞蛋遞到嘴跟前的情景，眼淚一下子滾落到胸前……

想吃什麼，就吃什麼——這個原始的生理需求，讓張雨荷獲得了滿足。機會再難遇到，即使遇到也不知要過多久。從前為學習成績而牽腸掛肚，現在為塞滿肚皮而高興萬分；從前為老師的一句批評而抱怨不已，現在為眼前的一個雞蛋而歡呼雀躍。人，是個多實在的「物件」啊！很有可能這頓飯，就是「最後的晚餐」。張雨荷顧不上體面，也顧不上和腸胃商量：自己究竟肚量有多大？還能吃多少？反正就是吃，吃，吃進去，嚥下去。至於吃進嘴的感覺，嚥下去的結果，她才不想呢！當她再要一碗蛋炒飯的時候，幾乎所有的服務員都跑出來了：都要看看把腸胃「撐死」了事的女人，究竟是誰？

交了錢款，付了糧票，張雨荷起身，卻不知怎麼搞的，人幾乎站不起來。她用兩隻手掌按在桌面上，用力撐住，才算勉強立住了，一旁的服務員笑起來。

張雨荷也笑，笑裡帶著歉然和尷尬。

第四節

出了飯館，太陽就掛在頭頂，這是夏天最難耐的時刻，熱氣，在狹窄的街巷上空蒸騰。遠處，那些擋住了視線的山崖閃著白光。也不知是什麼蟲子，四面八方都有嗡嗡聲，還有飄上飄下的飛絮，這一切都讓張雨荷感到憋氣。她加快步子，出了縣城。

出了縣城，一片寂靜。眼前是被灼熱的陽光照耀的田野，綠色的莊稼在輕輕搖動。抬頭望去，高遠處有輪廓朦朧的雲彩，悠閒地飄浮於天空。迎面也終於有了風，吹到臉上是熱的。張雨荷知道只有走進大山深處或爬到山巔，夏日的炎熱，才能消退。

經過獄中的勞動改造，加之從前是體育愛好者，張雨荷的腿力不錯，整天慣在大山裡上上下下打幾個來回，也不覺得有多累。今天，吃了那多美食，人該有更好的精神，更好的體力才對。邪了，情況恰恰相反：被撐大的肚子直往下墜，胸口好像被什麼東西堵得嚴嚴實實的。兩腿非但抬不起來，連走路都氣喘了。張雨荷意識到，這是

「撐」的！這不由得讓她想起父親曾經講過的一個故事：幾個掉隊的紅軍戰士，經過無數的飢寒和日夜的尋找，他們終於追上了部隊。熱心善良的炊事員，拿出剛做好的飯菜，請他們好好吃上一頓。個個狼吞虎嚥，爭先恐後，一碗接一碗。哪知細成麻繩般的腸子，承受不起這頓尋常飯菜而裂斷，他們沒有死於數日的飢餓，而死於一頓飽餐。想到這裡，張雨荷開始責怪自己：為什麼要吃那麼多？難道不知道後果嗎？萬一撐死了怎麼辦？那還不如槍斃呢，像巫麗雪。她越想越害怕，生出一種恐懼感。宗教是把恐懼提升到空前的高度，讓一個人堂堂正正地顯示出自己的卑微。現在，張雨荷的恐懼是墜落到空前的低度，而且表現出的卑微竟是那樣地難以啟齒。她不再想了，覺得必須拿出赴死的精神，強迫自己向前走。

已近黃昏，天空中青藍色、金黃色、紫紅色的陽光，透過層層雲彩，一道一道投射過來，如織錦般斑斕，似閃電般炫目。張雨荷知道最美的東西，往往消失得最快。果然，沒過多久，眼看著氣象萬千的晚霞，隨著最後一抹日光，消失在天際。高原是一片墨綠幽藍，迎面吹來的風，也有了涼意。儘管兩腿發軟，全身像是快要散架，但有一點，在她是明確的：必須走回監獄！這時，監獄二字變得無比親切。

吃晚飯的時候，艱難行走的張雨荷，終於到了女犯中隊的大門口。這個勞改隊是她年輕生命中最痛恨的地方，可是當她高喊「報告司務長，張雨荷回來了」的一刻，她覺得這個地方是她的家。

陳司務長看她一身的疲憊，笑著說：「看你樣子，像是得病了。」

張雨荷不敢講，自己沒病，是吃多了。把公事和代乳粉交代清楚了，回到監舍。蘇潤葭是第一個盤問她的人：「你怎麼啦？臉色不大對呀。」

「我沒事，就是吃多了點。」

「走了那麼多山路，還沒消化掉？你大概不是吃多了點，是吃得太多了吧？」

「是。」張雨荷說著，把盛著豆瓣醬的玻璃瓶遞給蘇潤葭。她接過來，擰開蓋子，一股特殊臭味的香氣，頓時瀰漫開來，惹得滿屋子女囚都深吸一口氣。楊芬芳笑道：「蘇組長，今晚你就抱著豆瓣醬瓶子睡吧，怕有人來偷呀！」

黃君樹對張雨荷給自己買的豬油罐頭很滿意，易風竹端詳那層白色的豬油，看過一陣，說：「這罐子裡的豬油不算多。」

張雨荷一把奪過瓶子，塞到黃君樹懷裡，氣呼呼地說：「店裡只有三瓶，我還是用射擊瞄準方法挑的！」

眼巴巴望著張雨荷的是陳慧蓮，這讓心裡難受的張雨荷更覺難受。她告訴陳慧蓮，自己跑了幾家，就是沒有上海產品，只好買半斤省城一家糖果廠生產的水果糖了。陳慧蓮嘴角微微一撇：「別人要的東西，你都辦到了。輪到我，就打了折扣。」

姜其丹發話了：「你知足吧！管它是哪裡產的，反正是糖。吃到嘴裡，都是甜的。」

陳慧蓮不再說什麼，接過裝糖的紙袋，取出一粒，小心地剝去糖紙，慢慢送進嘴裡。

姜其丹問：「甜不甜？」陳慧蓮笑了。

蘇潤葭瞥了她一眼，說：「人一老，就討人嫌。尤其是老姑娘！」

「我覺得她不討厭。將來等咱們刑滿了，個個都是老姑娘。信不？」張雨荷反感

「老姑娘」的提法，其實在心的深處是恐懼這個提法。因為刑滿後，自己很可能成為老姑娘。能頂撞蘇潤葮的人不多，楊芬芳偷偷地朝張雨荷豎起大拇指。張雨荷想起了口袋裡揣著的絲線，自己多想掏出來炫耀啊，她知道不能「露」，只能趁人不注意的時候出手。

楊芬芳爬到上鋪，準備睡覺。張雨荷趕快把夾著紅色、綠色、黃色三支絲線夾在當天的黨報裡，遞給她，說：「你不是說有篇文章，還要再看一遍嗎？」邊說，邊眨眼睛。

楊芬芳「懂了」，故意懶懶地接過來。

至於給鄒今圖的，在監舍實在找不到機會。張雨荷只好借上廁所的機會把另外三支絲線捲在一張草紙裡，偷偷塞給她。將清麗光澤的絲線帶到一個蒼蠅亂飛、臭氣熏天的地方，真是一種褻瀆，但也只有這樣了。在監獄待久了，誰都知道又黑又髒的廁所是囚徒們祕密活動的重要場所。

鄒今圖接過草紙，捏了捏，問：「什麼？」

「線，絲的。」

「謝謝。」張雨荷很高興，因為在監獄會「道謝」的人，基本沒有。

「今晚，你大概睡不好了。」鄒今圖說。

「為什麼？」

「因為你從回到監舍，就沒有坐下，一直站著。可見你是『飽』到彎不下腰。」

這話，讓鄒今圖說準了。熄燈後，最愛說話的易風竹也鑽進了被窩，監舍黑了，靜了。張雨荷脫去外面的衣褲，準備躺下的時候，發現自己根本就躺不下去。全身有如鉛灌銅鑄，胸口似乎還有個千斤頂頂著。體內有一種翻江倒海的預感，平靜的海面上，風暴即將來臨。她的第一反應就是不管是嘔吐，還是腹痛，都不能有響動，更不能被人察覺。易風竹若察覺，肯定會這樣大喊：「快來看呀！張雨荷是撐死的。」太丟人了！別說傳出去丟人，自己想著就丟人。進了監獄，如同進入一條黑暗的隧道，不知道何時才能見到光明。因其黑暗，人會變得格外堅定；因其孤寂，人會變得特別頑強。堅定地活過來，頑強地活下去，直至熬到出獄的一天。張雨荷已經具備了足夠的堅定和頑強，而讓自己沒想到是舌頭可能讓自己活不下去，一頓飯有可能結果自己的性命，太可恥了，怎麼想都可恥，難怪有人說：嘴巴，才是人的一生痛苦的淵藪。

所幸正值夏日，犯人都有蚊帳，有的蚊帳是從自己家裡帶來的，有的蚊帳是監獄發的。帶的與發的，一眼就能識別出來。家裡帶的：白，色白；細，布細；大，個大。監獄發的，黃，色黃；粗，布粗；小，個小。監獄的蚊帳，壞處是不通風，好處是你脫光了，別人也看不見。張雨荷從家裡帶來的蚊帳大得嚇人，根本無法懸掛。鄧梅讓刑滿就業隊縫紉組的人，拆了重縫，尺寸完全按照犯人鋪位的尺寸來做。當張雨荷看到小而醜的蚊帳，眼淚都快掉下來了。

夜深了。

張雨荷坐在蚊帳裡，一動不動地坐著。她極想躺下，試了試，不行，根本不行。別說是躺下，就是彎彎腰、低低頭，那一肚子「好吃的」，就像一股股岩漿，噴薄欲出，勢不可擋，她甚至覺得「岩漿」已經衝到喉嚨，進入口腔。只要一張嘴，火山頃刻爆發！肚子滾圓，脹得像個打足了氣的氣球隨時可以升空，爆炸。人們說：犯人過日子，是用「天」來計算。今夜，張雨荷是用「秒」來計算了。她什麼也不想，也不敢想。得到自己想要的東西嗎？祕訣就是不想它。

平素還能聽見守夜女囚的說話，這個夜晚，一切都是靜悄悄的。突然，有個影子一閃而過，蚊帳微微一動，是風，是人？還是陰間的小鬼來索命勾魂，帶她去地獄？藉著監舍外昏黃的燈光，見一隻手伸進蚊帳，她想叫喚，真的有鬼了嗎？接著，張雨荷驚愕不已：伸進來的手指捏著一支絲線，白色的——這是她在廁所裡送給鄒今圖的東西。是她，是鄒今圖。她用這種方法，「通報」來者。

鄒今圖身著一件緊身背心，一條寬鬆褲衩，雙唇緊閉，眼睛雪亮。她蜷曲著身子躡手躡腳地鑽進蚊帳，迅捷輕靈，悄無聲息，像隻流浪貓，更像一個幽靈。夜半三更來做甚？張雨荷猛然間想到蘇潤葭說的「磨豆腐」，心裡又增添了緊張與驚恐。正待張嘴，卻被鄒今圖用手掌按住。她把絲線塞進自己的背心後，先摸摸張雨荷滾圓的肚皮，再把兩隻手掌並列在一起，在空中做順時針旋轉的動作。鄒今圖直眨眼睛，纖細的弓形眉更彎了，嘴角也是彎的。這些善意的表達，張雨荷看懂了：鄒今圖是要給她揉肚子。為什麼？張雨荷來不及細想，也不想細想。她太需要了，就像病入膏肓的人需要救命天使一樣。

體格健碩的鄒今圖躬身轉到張雨荷身後，雙膝跪下，長長的臂膀從兩側夾住張雨荷，把寬厚的胸脯抵住張雨荷的後背，有如一副牢固的支架，穩穩地為張雨荷提供著依靠和力量。安放妥當，她的手掌和手指開始動作，先是用兩掌托住上腹部，震顫十指；之後，兩手重疊，圍繞肚臍做圓周運動，順時針輕輕揉來又逆時針揉去；之後，十指按壓肋部；之後，自上而下撫小腹；之後，推頸椎；之後，推脊椎及其兩側；之後，兩個拇指從腰背推至臍部……反覆又反覆，輪迴且輪迴。輕柔，有力，頻密，有序，上下身軀，左右馳騁，這是張雨荷從未見識過的，只知十指彈琴，那是風雅；鄒今圖的十指功夫，這是救命！過了很久，張雨荷感到身體漸漸柔軟起來，可以吸氣呼氣了，可以吞口水了，可以轉眼珠了，四肢可以動彈了，總之，人可以不死了。疲憊不堪的她在鄒今圖懷裡緩緩倒下，身後的這個人是一張無比柔軟舒適的床，她就躺在床上。以往從書本上讀到「拯救」二字，都很抽象，經過這個夜晚，抽象變為具體，原來任何的拯救都與生死相通。

又不知過了多久，張雨荷感到筋骨血脈都活泛暢通了，她的第一個念頭就要看看身背後的鄒今圖：想用手指觸摸她。轉過身去，卻看不到她的臉，臉在哪兒呢？張雨荷怎麼找不到了。原來粗直厚密的頭髮，全都貼在鄒今圖的頭皮、眼皮、臉皮上，一張臉完全被奪拉下來的頭髮蓋住，汗珠順著一綹綹頭髮，一滴追一滴地往下滴。

張雨荷按捺不住內心湧動的感激和痛惜，把滿是淚水的臉貼到鄒今圖滿是汗水的臉上。

一切都已靜止，只有彼此的心跳。

第五節

盼著生男孩，一看是丫頭，這讓鄒開遠心裡多少有些失望，取乳名「今今」，為的是與妻姓諧音。大名有點男子氣，叫鄒今圖。高興的是留玖。她把今今用軟布裹得嚴嚴實實，露出個肉團般的小腦袋，摟在自己的懷裡，「心肝寶貝」地成天價叫著。外人看著，好像留玖才是今今的媽。

看著紅彤彤的小臉和皺巴巴的五官，金氏說：「好醜，像個猴子。」她把頭一搖，說：「現在像猴子，大了就是仙女。太太，這女孩兒我來帶！」口氣幾乎不容商量。

金氏奶水不足，留玖跑了縣城，跑鄉下，也不知是從哪兒物色到一個奶媽。奶媽身體健壯，手腳乾淨。兩個乳房大如山，充足的奶水把上衣弄得溼了又乾，乾了又溼。每次餵奶，留玖都不離左右。瞅著女嬰蹬著小腳，呶著小嘴，使勁地吸吮奶頭，留玖像看戲一樣，全神貫注，直到今今嘴角掛著奶水呼呼地睡去。

奶媽餵完奶，把衣襟放下。留玖對奶媽說：「你把衣服撩起，讓我看看。」

「看啥？你身上不也有嘛。」

「女人都有奶子。我聽人家說，最難看的是餵過奶的奶子。是嗎？我想看看。」

「留玖呀留玖，你可真夠邪性的。」奶媽只是笑，卻不撩上衣。

「不讓我看，我也知道。」

「你個雛兒，知道個啥？」

「我知道！」說罷，忽地把自己的衣襟扯開，一把攥著自己小而尖的乳房說：「我的像錐子，你的像個球。」又說，「我的奶頭是粉的，你的奶頭是黑的。」

「你哪兒像個姑娘？」奶媽嗔道。

留玖放肆地大笑。

「我是不像姑娘，永遠不會像姑娘。」話未說完，留玖伸出兩隻手鑽進奶媽的上衣，狠狠按住她豐滿的乳房，陶醉地說：「這東西就是女人的，摸著就舒服。」頓時，奶水就順著留玖的指縫流了出來。恰巧，金氏走進了廂房。她是來看今今的，不想卻看見了女人間的帶著邪氣的親暱。

奶媽怔住了，金氏不知該說啥才好。倒是留玖嘴快：「我給她揉揉，奶水脹得疼啊！」

金氏疑惑地看著她們，坐了下來，對留玖說：「去，給我倒碗茶來。中午吃鹹了，嘴裡老發乾。」

留玖前腳剛走，金氏就迫不及待對奶媽說：「她對我一家人忠心耿耿，現在又把今今看成自己的骨肉。這當然是好，可也不能這樣一輩子，再過幾年，我想給她找個人家。」

奶媽道：「鄒太太，大戶人家誰不想把貼身丫頭使喚到老。出嫁是她們自己的事兒，頂多您多給些錢財罷了。不過——」話到嘴邊，又嚥了回去。

「不過，什麼？」金氏追問。

「不過，這個留玖跟別的丫頭大不一樣。」

「你跟我說說，她的大不一樣是什麼？」

「她呀，有脾氣，有主意，可也有毛病。」

金氏道：「有脾氣，有主意，這兩條我知道，想問你的就是她的毛病。」

怕留玖端了茶來，奶媽望了望窗外，遂壓低了嗓音說：「她不喜歡男人，只喜歡女的。」

「哦。」金氏不由得想起懷孕時她給自己洗澡時的一番動作。

晚上，金氏把奶媽的一番談話跟丈夫說了。鄒開遠沉吟半晌，說：「人的好歹是最說不準的事兒。我賣藥多年，見過許多有毛病的人，大多都活著。倒是那些渾身上下一點沒毛病的，說不準就出了事。留玖是跟別的女孩兒不同，她對你好，對今今好，我看就成了。眼下世道不好，這個黨，那個派，還有日本人。以後的日子，誰也說不準。有個留玖死心跟著我們，是件好事。你沒見老戲文裡常演的『莫成救主』嗎？依我看。留玖即使不能救主，八成也能護主。所以只要她自己不說走，我們就留她。能留多久，就留多久。」

金氏認為丈夫的話有道理，其實，自己從心裡對留玖也還是滿意的，只是覺得她對今今親熱得過分。要親吧，就把全身親個遍，還用舌頭去舔，把全身舔個遍。一次，她又見留玖在用舌頭舔今今，氣不過，一把搶過來，抱到自己的屋裡去了。結果，今今大哭，留玖也哭。今今的哭，多少還能止住，留玖的哭，說啥也止不住了，白天哭到半夜，半夜哭到天明——哭得眼瞅著要斷氣，這可把金氏嚇壞了。鄒開遠急了，趕緊抱過今今，塞到留玖懷裡。

接過今今，一夜沒睡的留玖，立馬來了精神，一手提著孩子，一手抹去眼淚，飛奔廚房。從飯盆裡找到兩塊鍋巴，從水缸裡舀了一碗涼水，一塊鍋巴就一口涼水，吃起來。金氏趕到廚房，她理也不理，把鍋巴嚼得嘎吱嘎吱地響。吃完，就喊：「今今，過來。」

今今一下子撲到跟前。她像下命令似的：「把臭屁屁撅起來，讓留玖聞聞。」

今今馬上轉身，把圓圓的小屁股高高撅起，嘻嘻地笑。

留玖對準屁溝狠狠親一口，說：「今今知道誰疼她。」

弄得金氏一臉無奈。

留玖教今今一句一句學說話，扶著今今一步一步學走路。除此以外，留玖還教今今親嘴、舔臉。

一日，吃過午飯，留玖收拾完飯桌，今今就扭著她不放。留玖把手擦乾，俯身把小女孩抱在懷，今今便伸出粉色的舌頭，去舔留玖的脖子，偏偏又被金氏瞧見，備感噁心，正待跟丈夫嘮叨。忽然，屋外人聲嘈雜，縣城的人都從各自的家裡一齊湧向街頭，向城外方向逃竄。一打聽，才知道是日本飛機剛剛轟炸了不遠處的城市，很有可能把這座縣城也順帶「捎上」。鄒開遠邁著大步，急匆匆從藥鋪來到後院，對妻子說：「我們要到外面躲躲才行。留玖你照顧好她們母女，我去櫃檯收拾一下，就來。」

金氏頓時慌了手腳，留玖倒像個主子，說：「太太，別慌！我知道一條小路，抄近道兒就能到城外的元寶山的山腳。我把今今綁在背上在前面走，您就跟在後面，這不就沒事了。我到廚房拿點吃的，用盛酒的葫蘆盛點水。您把首飾匣裡的東西帶上，怕有流賊趁亂來偷。」

浮雲滿天，漸漸地連成一整片，成了濃雲。沒多久，濃雲把天空遮住。不知不覺中風向也轉了，朝元寶山猛吹過來，風是冷的，還帶著雨。所有在山腳躲避轟炸的人，因為衣衫單薄而凍得直打寒顫。留玖把衣襟解開，把今今緊貼自己的胸口，護個嚴嚴實實。日本飛機炸了城市，從周邊縣城呼嘯而過。傍晚時分，驚魂未定的人們才陸續從山裡返回。鄒氏主人與夥計也回到藍白巷，跨進門檻，留玖一頭栽倒在庭院，手裡攥著的葫蘆也滑落到地上。金氏摸摸她的頭，滾燙的。再看她背後的女兒——人家耷拉著腦袋，小呼嚕打得一個接一個。

金氏一下子伏在留玖身上，痛哭。鄒開遠親自給留玖抓藥，煎藥。熬好了，叫金氏端去。

一夜醒來，留玖第一句話就問：「今今呢？」

今今上學了。

雨天，留玖撐著傘接她回家，遇到大雨索性背在背上。颳風，留玖手拿斗篷，等在學堂門口。留玖又教她兩樣手藝，一是燒菜，一是繡花。家裡若做點講究的飯菜，留玖一定帶她去廚房，讓她「觀摩」。

金氏曾問：「今今還小。怎麼你讓她學燒菜？」

留玖說：「女孩子無論在娘家，還是在婆家，還是一個人過日子，都要會把生的做熟了，不能眼瞅著饞死，餓死。」

至於繡花，留玖又說了：「女兒家繡花，練的是聰明。太太，我教她的兩門手藝，就叫有吃有穿。」這樣幹練聰穎的丫頭，到底從哪裡而來？這是鄒氏夫婦經常議論的話題，可就是找不到答案。

留玖不喜歡大紅大綠，認為太扎眼，一般都在素色布上繡花。藍布上繡一隻白色蝴蝶；青布上繡一朵桃紅牡丹。結構是散點折枝花的形式，花樣穿插自然，分布勻稱又分明，繡起來還省工省時。後來，留玖又教今今學著剪裁，先剪個荷包，再裁個肚兜。當女兒把自己做的一個小荷包，遞到母親手裡的時候，金氏情不自禁抱住今今，用感激的眼光看著留玖。

留玖對金氏說：「太太，我今後會好好伺候您，伺候一輩子。」

「我要不在了呢？」

留玖毫不猶豫地答：「我就伺候今今。」

「你不嫁人啦？」

「不嫁。」

「那你就太虧了。」

「不虧，遇到太太，又有今今，留玖這輩子不虧。」

這話，金氏很有些費解：「我們是女的，你該有男人。有男人才有家。」

留玖搖搖頭，說：「按常理兒是這樣，可有的人呀——天生就不是按常理生的。」這讓金氏想起奶媽的話來。

經過時間考驗和日常相處，她漸漸感覺留玖的「毛病」竟然不像當初那麼反感。恰恰是這種「毛病」，給自己一家人帶來了貼心的信任和精細的感情。有時候自己搞不懂：這是怎麼回子事？不多想了，反正丈夫的話有道理，身處亂世，有「毛病」的丫頭興許是最可靠的。

第六節

一支人馬開進了縣城，告訴大家：解放了！

像一把刀，把鄒家的日子劈成兩半，一半留在了不可返回的過去，一半指向深不可測的未來。長衫換成列寧服，作揖變作握手，先生稱為同志，太太改叫愛人。鄒開遠不大習慣，不習慣的原因是覺得做為男人和一家之主，自己似乎越來越弱小。

鄒開遠遭遇的第一件大事就是「土改」運動。多的田土沒收了，留下鄒家老房三間和房前屋後的一點薄地，好歹沒「劃」地主。一方面是因為他的主要經濟收入靠藥店，階級成分就定為工商業主；另一方面則是由於老鄉有病進城抓藥，鄒開遠只收一點錢。人情所在，故對他「網開一面」。

第二件大事是「鎮反」運動。鄒開遠讀了《懲治反革命條例》全文，覺得與自己沒多少黏連，可是自己從前認識的幫會頭頭腦腦，幾乎全抓了。住在藥鋪隔壁的一個老太太，由於參加「一貫道」，也沒放過。鄒開遠心裡納悶：怎麼行善也有罪？

第三件大事是「三五反」運動，烈火終於燒到了家門。「五反」中的第一項內容是「反貪汙」，運動開展沒幾天，鄒開遠便搞不懂了：你若貪汙了，才應該「反」你。怎麼只要有點錢財，就認定這個人貪汙了呢？

一天下午，他被請去開會。到了晚上，不見人歸。紅日西沉，乳白的炊煙和灰色的暮靄交融在一起，樹頂，屋脊，牆頭，都罩上了陰影。犬聲，蹄聲，無不提醒著忙碌的人們到了回家的時分。望著茫茫天際，忐忑不安的金氏叫留玖到巷口守候。留玖說：「我乾脆到他開會的地方找人。」

「合適嗎？」金氏怯生生地問。

「怎麼不合適？」不等金氏回答，留玖就進了廚房取了兩塊米糕，揣在懷裡。

「你還帶吃的？」

「不是給他帶的，是我自己餓了，想吃點東西。」留玖有心，其實是給鄒開遠預備的。

等啊，等，天已黑盡，四周聲息全無。金氏心裡亂成一團，有今今在跟前，她盡量克制鎮靜。今今喊餓，金氏讓廚房的人給她煮了一小碗雞蛋掛麵。

今今問：「爸爸到哪兒去了？還有留玖呢？」

金氏說：「爸爸去辦事了，事情太多，叫留玖去幫忙。」

今今不肯睡，說自己也要等他們回來。好歹等回來了，不過，回來的是留玖一個人。

金氏慌忙問道：「他呢？」

留玖低聲說：「把人給扣了，說他是『老虎』。」

「什麼叫『老虎』？」金氏問。

「就是貪汙分子。」

「啊！自家開藥鋪，貪汙個啥呀？」膽戰心驚的金氏覺得腦子裡有什麼東西爆裂了，身子一軟，人從椅子滑到地上。

留玖一把將她扶起，說：「太太，您先別慌，看把今今嚇著。該怎麼過，就怎麼過。我在路上就想好了，天天去探監。」

「這就坐大牢啦？啥罪過？」

「這不叫作大牢。我進去看了，但凡有點錢的，都沒讓回家，全都關在商業局的食堂裡，說是需要好好交代。」

兩人說話，今今站在旁邊，一會兒看看媽媽，一會又瞧瞧留玖，似懂非懂地問：「媽，爸爸不回家了？」

「回來，過兩天就回來。」金氏勉強地笑了笑。

晚飯，胡亂吃了。留玖對今今說：「今今乖，晚上咱和媽媽一起睡。」

今今依偎在母親懷裡，很快睡去。金氏緊緊抱住女兒滾圓又溫暖的身子，「嗚嗚——」地哭出了聲。天河緩緩地移動，四下裡靜悄悄的。

翌日下午，留玖又去縣商業局，這次拿的是兩個熟雞蛋。今今鬧著要跟了去，說自己也要看看爸爸。金氏攥著女兒的小手，說：「我們送她到街巷口吧。」

今今拉著母親的手，為追上留玖，使勁地邁著大步，嘴裡起勁地數著：「一，二，三——」金氏感到從前是自己扶著女兒學走路，現在似乎倒了過來，是她在扶著自己朝前走。

之後的每天下午，留玖一定去探望鄒開遠。一個紙包裡，或是燒餅，或是包子，或是一小塊醬肉。看守「老虎」的人，叫她把東西放下，說一會兒有人會送去。她不幹，一直站在院子裡，弄得所有人都知道鄒家有個女僕叫留玖。

過了些時日，縣裡來了通知，讓鄒家到商業局去領人。金氏說什麼要自己去了，她一定要看個究竟，到底關押丈夫的地方是個啥樣？關押丈夫的幹部是個啥人？誰知剛進機關大門，鄒開遠已經坐在傳達室裡條凳，等著了。條凳上坐了好幾個，都是從前經商的，他們也都是「老虎」，也都是等著家裡人來接的。是得來人接！關押沒幾個月，鄒開遠足足老了十歲！他目光黯淡，鬍子拉雜，雙頰深陷，頭髮驟然灰白，站起來時兩腿發顫。金氏什麼也顧不上說，拉著人就往外奔。

路上，鄒開遠對妻子說：「幸虧有你，讓留玖來看我，還送吃的。」金氏告訴他，探監是留玖主動提出來的，吃的也是她張羅的。

進了家門，鄒開遠看見留玖，老淚縱橫，抱拳拱手，道：「你的俠義，救了鄒開遠，救了我一家人吶！」

留玖趕忙上前，扶著虛弱的鄒開遠，說：「我可不是外人，是鄒家的！」

一家人抱在一起，哭作一團。

中午，留玖親自做了一大盤白肉，端了上來。哈！「白肉蘸米醋」，鄒開遠最喜歡的菜肴。她還燙了一壺酒，說是「壓驚」。

今今用筷子夾起一片肉，弄到醋碟裡，蘸了又蘸，搞得醋汁直往下滴，舉到爸爸嘴邊，說：「今今餵爸爸！」盯著鄒開遠消瘦的面龐，問：「爸爸，誰欺負你了？」

鄒開遠摸著女兒頭，說：「爸爸，挺好！就是忙得顧不上吃飯，顧不上睡覺。」他望著院子裡樹木，深吸一口氣說：「又長高了，多快。是吧？」這話不知是問誰，也許就是說給自己聽。鄒開遠吃了幾片，停了筷子。

「怎麼不吃了，你一人不是能吃下一盤嗎？」金氏問。

「不瞞你說，在關押的那些日子，我把這輩子的前前後後都想遍了，也想透了。

從前不圖長壽，但求平安；現在看來，平安也難保。比如這次，可真是應了『人在家中坐，禍從天上來』的老話。人雖出來，顏面丟盡。一家人逍遙自在的日子，往後還有嗎？」

金氏安慰道：「不管它，過一天是一天。」

「那今今呢？往後的日子艱難了，她還跟小姐似的，行嗎？」

「行，不是有我嘛！我在，鄒今圖就是小姐，不管往後的日子是吃肉，還是喝風。」說罷，留玖端起一個酒杯，一飲而盡。把杯底亮給鄒氏夫婦看，說：「這杯酒，是明證。」

災禍，使他們表現出從來沒有過的親近。夜裡，夫妻很快脫去衣褲，彼此緊緊相擁，比新婚還親熱激烈。鄒開遠換了新的姿勢，金氏竭力配合，如膠似漆，酣暢淋漓。事後，鄒開遠把頭深埋在妻子的胸口，久久地。金氏把手指插入丈夫灰白的頭髮，溫存問道：「今晚你全變了，跟誰學的？」

鄒開遠摟著妻子，說：「你想啊，那麼多男人關在一起，除非交代問題，其他的事情都不許幹，也不許看書。整日價相處，哪有許多話好講？扯來扯去，就扯到女人。就這個話題，經久耐磨。這不，成了交流經驗、傳授技術的大好機會。幾個月下來，『性經』一百零八式，式式都通，就是傻子也通了。」

「啐，男人湊在一塊兒，沒一個好東西。」金氏嗔道。

鄒開遠清楚，被關押的日子裡最難耐的是孤獨與寂寞。對孤獨與寂寞的體驗，自己懂得對家人的思念是一種多麼強烈的感情；而在刻骨的思念中，自己才又了解什麼是愛。原來結婚生子和愛並非相等。此刻他很累，卻無睡意。他把頭支起來，看著金氏的眼睛說：「以後，我要好生待你，把今今好生帶大。再沒有比家更要緊的了。」

金氏伸出雙臂，把丈夫攔腰圍住，夫妻再次激動起來……

不是你想過安穩日子，就能過上安穩日子。沒幾年，全國掀起了農業、手工業、資本主義工商業社會主義改造運動。在鞭炮聲中，藥鋪從民營變成公私合營。就是打發鄒開遠一點錢，藥鋪歸了公。他成了一名幹部，每月領一份工資。幾十年的辛苦經營，全部泡湯，還要感謝——讓自己從此成為自食其力的勞動者。

靠工資吃飯自然比從前的日子差些「成色」，鄒氏夫婦辭退了夥計、廚子，只留下一個留玖。為此，金氏問過她：「我們是工商業者，有剝削性。你是勞動者，受剝削的人，階級成分最好，也最好找工作。你看你還是另找飯碗吧，再找個男人。」

留玖瞪著眼睛說：「不是說過了嘛，我是鄒家人。往後，也別跟我說什麼男人。」

「你要知道，以後的日子不會像從前了。」

「我明白。」

天風海雨，交織而來。白天，鄒開遠笑容可掬地面對顧客，以及上面派來的幹部。晚上，他常發呆，老淚在不知不覺中溢出。人生中最殘酷的事，根本不是什麼青春老去，芳華凋零，而是面對偌大紛繁的世界，自己成了赤手空拳的俯首就擒者，其無助無力，與幼兒無異。不敢想今後，也好像沒有未來，只有近在咫尺中討生活。而且，內心總是膽怯的！自己不偷不搶，膽怯個啥？偏偏這種膽怯比自己想像的還要大得多。看來，許多事情一旦進入了固定的軌道，就由不得你了。

金氏發現丈夫食量大減，連一向喜歡的東西，也沒啥興致。還是從前那個人，可精氣神差多了，明顯感到他日復一日地疲憊與衰老。有一次，鄒開遠對著一盤肥瘦適度的白肉，說：「我不想吃，以後別費心了。」

「開遠，你怎麼啦？」金氏淒惶地叫道。

「我沒怎麼，挺好。」

家裡最重要的也是最快樂的事情，就是吃飯。可以說，家就是一張飯桌。但自鄒開遠不想吃飯，以往四個人圍坐在飯桌，有葷有素、有說有笑、有老有小的情景，都成了華美的回憶。金氏所擔心的事情終於來了——鄒開遠病倒在床。吃了許多藥，也沒管用。

一個陽光燦爛的初夏，今今上學去了。鄒開遠把妻子和留玖，叫到床前，開始交代後事：「我不行了，有話要說。我死後，就剩下你們三個女人。家中無男，就不叫家。好在有留玖，比我這個男人有用啊！藥鋪歸了公，只有些積蓄，能管幾年，但管不了一輩子。我看你們還是搬到鄉下，那裡有房有地，起碼吃飯沒問題。今今把初中讀完，趕緊找後生，嫁了，不圖錢財，人老實就行。有了姑爺，這個家就有個男人了。」

接著，他拽著金氏的衣袖，說：「你還年輕，日子還長。再找一個吧，我不會怨你。新社會了，又有婚姻法。」金氏聽了，哭成淚人。

之後，鄒開遠坐起，翻身下床，全身匍匐在留玖腳前，嘴裡喃喃道：「我知道你是什麼人，這個家就是你的家，往後，太太和今今你多操心了。來世我給你當幫傭。」

話已說完。三個人齊跪地上痛哭，是儀式，也是訣別。

「我累了，想睡一會兒。」鄒開遠說罷吩咐留玖，把白色大綢中式褲褂找出來換上。

他一身雪白，飄然歸去。

第七節

災難或變故，常常意味著一種結束，也意味著另一種開始。

鄒家三個女人住到鄉下。男人的死，標誌著帶走女人一半的生命，金氏對自己的未來，開始產生恐慌。她對留玖說：「我們離開藍白巷，搬到鄉下住，往後的日子怎麼過，我想都不敢想。」

「不怕。人家能過，咱就也能過。」留玖安慰著。打點行囊時，不忘帶上一些中草藥。誰有個頭疼腦熱的，就包點藥送去，管不了大用，也有小用。那裡民風樸實，鄉民能善待這一家人。曾經在鄒家當過長工的，常來幫個忙，紮個水桶，搭個瓜架。村幹部知道她們不會幹農活，商量一下，讓她們餵養合作社的一條老牛。

性命如風似水，風吹過，水流過，都是不再復還的東西，來到鄉下的金氏正處在這麼個狀態。自鄒開遠去世，白天還好，留給自己的是不知道該怎麼打發夜晚時光，一止心頭之愴然。當你和一個人有了長期共同生活的習慣，而這個人突然從生活中消失，那種無依與慌亂，可想而知。這時的留玖，就成了她的唯一選擇。很快，兩個人睡在了一張床上。也是，柔弱者需要日夜的守護與陪伴。第一個夜晚，兩人面對面，留玖用手指「劃」過金氏的額頭、眉毛、鼻子、嘴唇，用自己的身體緊貼她的肌膚，金氏覺得這些動作好舒服，那種憐愛和挑逗與男人無異，且更細膩。她滿含熱淚，撲到留玖的懷裡。留玖深情地望著帶著羞怯和緊張神色的金氏，雙手捧起她的臉，用舌頭舔去臉上的淚水。她們的嘴唇碰到了一起。留玖用腳趾勾住金氏的臀部，一隻手掌擠壓乳房，一隻手掌抵住金氏的私處……飽滿的身體，溼潤的氣息，激動的顫抖，完全打亂了金氏以往的「秩序」和「規則」。原來與自己性別相同的人相親，也能感受到生命的喜悅和情感的美好。留玖緊緊摟著金氏，金氏依偎在她懷抱裡，一夜激情。

清晨，金氏醒來。留玖已不在身邊，床上只有自己。她擁著被子，閉上眼睛回憶昨夜兩個生命合攏在一起的情景。如果不是愛，那又是什麼？僅僅是需要嗎？就像身處嚴寒的冬季，必須抓住的一件禦寒的外衣？她不想了！一想，就是無止盡的悲哀和傷感。此後無數個夜裡，金氏咒罵過自己，覺得自己骯髒，生命在生活中消磨，但在人世間，美好與骯髒常常就是比鄰而居。怪異的人，很可能就是極有味道的人。
鄒開遠的墓地，已綠過幾次青草，飄過幾次雪花。金氏一刻也沒忘記，即使和留玖「交歡」，腦子裡也常常浮現出鄒開遠的身影，他永遠是她的丈夫，她的男人！

合作社不時興了，搞起來人民公社。公社，大了，是「以農為主，多種經營，全面發展，工農兵學商五位一體」的組織。它實行的是組織軍事化、行動戰鬥化、生活集體化、伙食食堂化原則。除了地主富農，農民的身分也起了相應的變化了，都改叫社員。社員掙的不是糧食，也不是蔬菜，而是工分。而誰也不知道這個工分，究竟能值多少錢？或者換到幾斤口糧？於是，沒人好好幹，都在偷奸耍滑。全天勞作滿分是十分，每個人也就掙個兩三分。新上任的社長急得到處視察，向社員鼓勁，說：「公社再往前走，就是共產主義。」

一個社員站在田頭問：「啥叫共產主義？」
社長說：「到了共產主義社會，人人生活輕鬆，每天只勞動半天，半天學習娛樂，東西多得不得了，你要什麼，就有什麼，只管拿吧！這就叫作『各取所需』。」

「那我想要你婆娘，行嗎？」

大家一陣哄笑。

笑歸笑，笑過之後，人們發現自己的日子分明地難過了，尤其是有了大食堂。每個人碗裡東西越來越少，由葷變素，由乾變稀。民風也變了，偷盜盛行。晾在屋簷下的袂襖，還沒晒乾，就不見了。屋後的青菜萵筍，一夜拔得精光。金氏，鄒今圖，留玖，這三個女人組成的家，除了涼水，就沒別的可以下肚。一出門，肚子咕咕叫，風颳起來，人就要倒。要是個男人，還可以外出幹點啥，包括要飯。但她們不行，拉不下這個臉。況且外出行乞，四處拾荒，還要開證明信。原來養牛是個照顧，現在成了累贅。到了冬季，鄒今圖和留玖成天在山坡、田坎、路邊轉悠，四下裡張望，看看哪裡有草。絕了，人沒吃的，牛也沒的吃，到處都是光禿禿的。留玖和鄒今圖擅長的燒菜、繡花，在這個時刻提及，無異於天方夜譚。金氏的頭髮大把大把地掉，她根本不敢露臉。留玖則過早地生出白髮。她最累，既要照顧金氏，又要幫著鄒今圖飼養老牛。鄒今圖畢竟年輕，頭髮還是密密實實，只是把辮子剪了，改成短髮。她不喜歡短髮，但是家裡已經沒有太多的肥皂，供自己經常洗頭。自從缺了糧食，就啥都缺了。

一日，留玖說：「我要進一趟縣城，看看憑著老鄰居和舊關係，能不能弄點糧食。」硬撐著乾瘦的身子，去了。沒想到，縣城也是同樣光景。幾家飯館都掛出「休息」的小木牌。百貨店的貨架都是空的。縣城後面的元寶山的樹也都砍光，抬到縣委大院去大煉鋼鐵。南臨的沙白河，也見了底。街上沒有行人，天空沒有鳥鳴。看不到女孩子斜倚門牆編織毛衣，老人樹下打牌、下棋的情景，古老的遊戲結束了。

從前的村落和庭院，每到黃昏暮靄漸濃，炊煙繚繞，雞鳴犬吠蹄聲互相混雜，最是美麗。現在，美麗沒有了，一片蕭條沉寂。留玖好不容易回來了。金氏見兩手空空，就斷定是一無所獲，嗔道：「怎麼樣？你說要進城，我就不贊成。一是覺得肯定找不到東西，二是怕你累著。要倒在路上，就麻煩了。」

留玖竟笑了，倚在門框，大口喘氣，說：「回到家，才覺得自己是活著的。」

她倆又等放牛的今今，不知為什麼天快黑盡，還不見人影。直到半夜，鄒今圖才回來。見到母親和留玖，她咧著嘴笑了，露出潔白的牙齒。餓得只剩下骨架的老牛，亂毛蓬蓬，頭耷拉得接近地面。一對充血的眼睛，令人想到老者孤苦無依的可憐景象。

留玖見她渾身是土，臉上、手上都是泥，一把拽住，問：「你怎麼啦？」

鄒今圖不答，只是笑。心細的留玖發現鄒今圖的兩個褲腳是用草紮起來的，便問：「你幹嗎把褲腳紮起來？」

她還是不答，一副神祕的樣子，卻反過來問留玖：「你不是進城嗎？弄到糧食啦？」

留玖說：「哪有什麼糧食！連個人影也沒有。」

「我搞到東西了。」鄒今圖一臉的得意。

聽罷，留玖和金氏疑惑不解。鄒今圖彎腰解下紮緊褲腳的草繩，挺腰，跺腳，就見歪七扭八的小紅薯，一根一根地從褲管裡滾了出來。金氏大驚失色，問：「今今，你從哪兒弄來的？」

鄒今圖脆脆的一句：「偷的。」口氣一點不含糊。

「好哇！讀書讀成賊，鄒家出賊了。」金氏氣得再也說不出來。

「那還不是餓出來的！」留玖明顯地站在鄒今圖一邊。

「媽，哪家不偷？社員都是賊，也就鄒家不偷。這年頭，只有偷，才有吃。不錯，我是賊，怎麼樣？」說到最後一句，鄒今圖嗚嗚地哭了。金氏一把將女兒攬入懷中。

掙扎有時，絕望有時，墮落有時，一切皆有時，因為人總要找一種方法，把性命留住。此後，鄒今圖放牛的時間越來越長，常常是一放就放到天黑。放牛的工夫，也是偷盜的工夫，心無所居，神無所附，一副無所謂的樣子。對此，她理直氣壯，理由極簡單：日子必須一天一天挨過去，何況所有的社員都偷。鄒今圖澈底改變了自己，什麼活兒都幹，眼尖手快，手腳利索。也到了戀愛的年齡，她絲毫不感興趣。貪戀的就是自己的家。所愛之人，除了母親，就是留玖。繁華褪盡，真跡才顯露出來。唯一揪心的事情，就是餵養的那頭老牛。簡直越來越不行了，樣子像個幽靈，跟在後面。鄒今圖眼瞅著牠的孱弱，別提多心疼了。好不容易找到一把嫩草，送到嘴跟前。老牛卻不張嘴。心內如湯煮的鄒今圖，帶著焦躁，說：「吃啊，快點吃呀？」老牛一動不動。

鄒今圖由前至後撫摸著牠脊背上的毛髮，說：「你別病啊，我有病，你也不能病。」

牛聽懂了，牠努力從肺葉裡擠出一聲沉重的吼聲，做為回答。接著，有淚從大大的牛眼滲出。鄒今圖緊緊抱著牛頭，痛哭失聲。

牛病了。急得一家人團團轉，卻一籌莫展。都知道這是餓的，好多人都餓死了，何況一頭牲畜？最後幾天，鄒今圖夜裡睡在牛圈。一有動靜，她就爬起來看，沒有動靜了，她也爬起來看，看看是活著，還是死了。牛是悄悄地斷氣，靜靜地死去，很能體貼牠的主人。

鄒今圖馬上跑到大隊部報告。年輕的大隊長臉色煞白，急吼吼說：「要不然早死，要不然晚死，偏偏在這個時候死！」

「你的話，我聽不懂。什麼意思？」

大隊長的父親從前是鄒開遠的長工，曾經得過大病，到縣城求治，從請醫到吃藥，鄒開遠幾乎全包了。金氏搬到鄉下，父親就叮囑兒子要善待鄒家人：「鄒家全是女人，沒有勞力。隊上分個啥東西，要多給她們一點，明著不方便，就暗地裡給吧。」兒子都照辦了，因為他知道：父親痊癒後，母親才有身孕。但是，眼下情況有了變化。全縣剛開過三級幹部會。會上，縣委書記宣布了中央的新精神和主席的新指示，叫：「階級鬥爭，要年年講，月月講，天天講。」「階級鬥爭，一抓就靈。」每個公社、每個大隊都必須有計畫地狠抓抓階級的鬥爭，雷厲風行。而且，為了適應階級鬥爭的需要，有的農戶需要重新劃分成分。鄒家所在大隊，一向風平浪靜，村民和睦，只是生產成績一般。於是，被縣上列為試驗「一抓就靈」的重點。縣委書記親自掛帥指導工作，入村的第一件事，就把全村的階級成分像箅篩子一樣，重新箅了一遍。終於確立了目標，指著戶口簿上的金氏，說：「這不就是縣城藥店的老闆娘嗎？」

大隊長答：「是。」

書記問：「她現在是什麼成分？」

「還不是跟著鄒開遠，小業主唄。」大隊長有意輕描淡寫地回一句。

「農村哪有什麼小業主成分？應該是富農。再說了，鄒開遠一家，在鄉下原來就有田土嘛。」

「這麼改成分，合適嗎？」

書記瞥了他一眼，說：「合適！正合適。要不然，我來幹啥？」

誰家的成分改了，要在社員大會上宣布，心裡極為彆扭的大隊長一拖再拖。還沒來得及召集開會，正在這個「當口」，鄒今圖主動報告：耕牛死了。消息有如晴天霹靂！在農村，耕牛的命和人命差不多，甚至比人命還重。因為人命是自己的，而耕牛是公家的。

見大隊長坐在那兒，兩眼發直，鄒今圖怯生生問：「你怎麼不說話？」

「這事嚴重了。」大隊長說。

「為什麼？」

「我早該告訴你，你家的成分改了。你母親是富農，你是富農子女。」

鄒今圖驚呆了：「這是誰幹的？」

「反正不是我。」

「那是誰？」

「縣委書記。」

「縣委書記就可以給我家隨便改成分？」說這話的時候，憤怒的鄒今圖聲音都變了。因為她清楚，富農成分意味著什麼——從此，她的母親是專政對象，她也會跟著走進黑暗，失去很多、很多。事已至此，大隊長就把三幹會上形勢報告的基本精神講給她聽。鄒今圖把頭深深埋進雙手，淚水順著指縫流出。

「你先別哭，我們還得說說耕牛的事情。」

「你上報公社吧。」鄒今圖繼續抽泣著。

「原本是這樣，現在你家的成分變了，我擔心沒這樣簡單了。」

鄒今圖一下子警覺起來：「怎麼叫不簡單？」

大隊長壓低了聲音，說：「你要對事情有個最壞的打算。」

「壞到什麼地步？」

「現在你家是富農，縣裡又要抓階級鬥爭。我覺得很有可能把耕牛的死亡，定為非正常死亡。」

「那就是說——牛不是病死的，是害死的。」

隊長不說一字，緘默就是語言。鄒今圖突然一把扯住他的衣袖，聲嘶力竭地喊：

「我幹的，我幹的。」

沒多久，召集公社社員大會。會上，講解了當前國家的大好形勢和階級鬥爭新動向；宣布了個別社員新劃的階級成分；最後，是當眾帶走鄒今圖，罪名是階級報復，害死耕牛。

人群裡的金氏，說了句：「不是今今幹的，是我幹的。」遂即癱倒在地。

接著是留玖的聲音：「救命呀，死人了。」

會場騷動起來……

半年後，縣法院在公社召開審判大會。虛弱不堪的金氏掙扎著起床，要去開會，留玖死活不讓。

金氏哭道：「我去開會，是要趕去看今今。」聽了這句，留玖無話可講。二人換了乾淨的衣服，早早就去了，為的是能站在第一排。

會場設在公社可容納二百來人的禮堂，牆上掛著用毛筆寫的「審判大會」四字橫幅。高高的主席臺擺放著長條桌，入座的是法院的幾個人，社員們都不認識。

「把罪犯押上來！」話音剛落，鄒今圖雙手被捆在後，耷拉著腦袋，由兩個女公安人員押送到臺前，站在事先用寬木板搭建好的臺階上。

「今今！」這是母親的呼喊，鄒今圖抬起了頭，銳利的目光立刻發現站在眼前的金氏和緊緊扶著她的留玖，臉色一下子變得煞白，煞白。會場響起議論的聲音，法院的人敲著桌子，說：「安靜，這是審判大會！」

大會的內容簡單，基本就是宣讀判決書。鄒今圖一字一句地聽。說她——長期隱瞞富農成分，對社會主義制度不滿，對三面紅旗不滿，偷奸耍滑，好逸惡勞。處處與革命為敵。最後發展到用害死大隊分配給她的飼養耕牛，以達到階級報復之目的。為了狠抓階級鬥爭，打擊階級敵人，特判處反革命罪犯鄒今圖有期徒刑十年——讀完以後，法官走到她跟前，彎腰把判決書遞給鄒今圖。

「十年，十年！」她萬萬沒有想到竟是這個數字。滿以為一年半載了事，因為誰都清楚，牛是老死的，餓死的。原本冷靜的鄒今圖，從心底升騰起萬丈怒火，再也遏制不住了，回轉身去接判決書的時候，咬牙切齒地說：「十年？還二十年哪！」

也不知道是她用力過猛，還是法官鬆手太慢，那一紙判決書，居然逢中斷開，齊嶄嶄分作兩半截，鄒今圖手裡捏一半，法官手裡捏一半。這樣的場景，臺上臺下全都傻了，滿場驚叫！

法官備感受辱，滿臉紅通，立即宣布：「休庭！」

十分鐘後，重新宣判：前面的陳述都無變化，唯一的變化是刑期，判處有期徒刑二十年！無話可說，也不能說，鄒今圖「順理成章」地成了反革命罪犯，刑期翻了一倍。

押回看守所，整整一天一夜，她不吃不喝，直直地躺在地鋪上。三天後，看押人員叫她起來，說：「家裡人來看你了，還帶了東西。」

一定是留玖，可能還有母親——鄒今圖翻身爬起，要求打水洗臉，要求喝一碗粥。

在看守所一間辦公室裡，三人見面了，讓鄒今圖大吃一驚。「天上一日，世上千年。」母親的頭髮全部脫光，身穿灰色棉長袍，像是父親的遺物；留玖的頭髮齊刷刷全白了，散散地搭在胸前，一身玄色褲襖，一隻胳臂挎著一個大包袱，一隻手臂攙著金氏。

三人痛哭，哪裡有話，都是直見性命。還是留玖先開口，說：「把你的四季衣服，揀了好些的，送來。」

「嗯。」

「三雙鞋，新的，舊的就不拿了。」

「嗯。」

「還有一包白糖和一點錢和糧票。」

「嗯。」

三個「嗯」，聽得金氏心如刀絞，她喊了一聲：「今今！你在替我頂罪……」話說到此，就再也講不下去。

旁邊的看管人員要她有話快講，並告訴她們：凡是判決了的犯人，很快就會遣送到很遠、很遠的勞改隊服刑。再要想見面，就不易了。

這話靈驗，金氏止住了哭泣，對女兒說：「你放心好了，我身邊有留玖呢！幸好你讀過書，可以寫信。給你裝了二十個信封，留玖把郵票都貼好了。」

「是一年寫一封嗎?」鄒今圖問。

金氏又只是哭。看管人員，說:「勞改表現好的，還可以減刑，要不了二十年。」留玖急切地說:「你在裡面多少年，我們就在外面等你多少年。」

鄒今圖被送到了勞改農場，拚命幹活，一心想獲得減刑。因為心靈手巧，什麼活兒都學得快，也幹得好。她在牢裡寫家書，每一季寄出一封，令她不解的是母親均無回覆，這讓她越發地不安。

後來，有個新來的罪犯是來自她的家鄉。鄒今圖跑去打聽，新犯告訴她:當地社員說，曾見一個白髮女子攙扶一個光頭老婦。老婦身著灰布長袍，白髮女人穿玄色襖褲。二人輕飄得像幽靈，祭過鄒氏墳，穿過藍白巷，淌過沙白河，便了無蹤影。一說，兩人去了留玖的老家;一說，她們在外省行乞;還有人說，她們餓死在通向大城市的路邊。互相緊摟，屍首掰都掰不開。

一家人，散了。上天的上天，入地的入地，受苦的受苦。

下編

第一節

在所有的農活裡，張雨荷最怕夏秋之交的割草。從前的她，多麼喜歡草哇，光滑柔軟，公園的草，庭院的草，河邊的草，尤其是草坪。勞改隊也有草，可樣子全變了。這些生長在高原荒野的草，準確地說是茅草，經過整整一個夏季的日晒雨淋，每根草足有半人高，粗壯張揚，直的如鐵劍，彎的似銅鉤。草窩中大多生有荊棘。荊棘也是異常粗壯，枝條上布滿錐形的尖刺，氣勢洶洶，讓人根本無法靠近。它們從強盛到猙獰，從猙獰到凶殘。剛把草攥住，手心就生疼。記得第一次「上陣」割草，就遇到陰雨濃霧。割草用鐮刀，對付荊棘用砍刀，兩把刀交替使用，手臂不停地揮動，不消一個時辰，張雨荷的手心、手背及胳臂，就布滿刀傷和血痕，縱橫交錯，她數了數，竟多達百條，都是荊棘扎的或是草的鋒利邊緣劃的。張雨荷真的不明白了：都是草啊，從前的柔軟與詩意，怎麼都變成了懲罰自家的利器？地上溼漉漉，天空霧濛濛，有風吹過，亂蓬蓬的茅草就搖擺如浪濤，發出「絲絲」的聲音，涼氣隨之直入肌骨。張雨荷抬著頭，眼中的淚水和天上的雨水，一起從面頰滾落。人溼透，心溼透，彷彿人生沒有什麼事是重要的，唯一期盼的就是聽見「收工」鐘聲。

張雨荷吃力地割著。儘管請母親寄來幾雙線手套，專門用來對付割草，但是戴上手套，動作又不麻利，加上自己的刀具不行，幹起來十分吃力。

冷不防，「啪」的一聲，一把鐮刀「飛」到離她不遠的地方。張雨荷走近看，天哪！刀刃鋒利，刀把光滑，刀身長短也恰到好處。誰的刀？咋這樣好？再瞧瞧自己手裡刀，又鈍又醜，一副「慫樣」。這把「慫」刀是張雨荷領取工具時，蘇潤葭分配給她的。新犯啥也不懂，接過來就用，只是覺得很費勁，任你在磨刀石上千百回地推下拉上，即使看上去很光亮，用起來還是特吃力。

易風竹偷偷告訴她：「才來的新犯，都不會有好工具用。你就慢慢熬吧。」

楊芬芳看不過去，背地裡給她磨過幾次。磨好後，張雨荷沒用幾下子，就又割不動了。她問楊芬芳：「我的刀毛病在哪兒？」

楊芬芳說：「鋼少，一磨就成，一用就鈍。」

張雨荷嘆道：「難怪累得死，那我該怎麼辦？」

「只有換一把。」

「找蘇潤葭？」張雨荷問。

「當然。」楊芬芳答。

「她有好刀嗎？」

「她也沒有太好的刀，好刀都在老犯的手裡。」

張雨荷說：「誰的刀最好？」

「鄒今圖。」

張雨荷興致來了：「她的好刀從哪裡得來？」

楊芬芳答：「弄到好刀有三條路子。一是深得管生產的幹部信任，派你下山領取新的工具，你就可以捷足先登。二是男犯用的刀都好，你和他們有交情，人家私底下送你一把好刀。當然也不能白送，要占你的便宜。第三條路子，就是用錢和糧票從當地社員手裡買刀。」

「鄒今圖是屬於哪一類？」

楊芬芳說：「那就不知道了，這屬於犯人的祕密。」

鐮刀躺在地上，閃著孤獨的光，張雨荷不敢「輕舉妄動」。

「刀是我的，給你用的。」說話的鄒今圖神不知鬼不覺地站在她的身後。

張雨荷著實嚇了一跳：「是給我的嗎？」

「不，是借給你用的。出工時，你到工棚拿這把刀；收工了，你放回原處。即使蘇潤葭見了，也不會說我們拉拉扯扯。」

「好。」張雨荷太高興了。能夠得到一把好刀，她情願違反監規。

「記住，你把刀用鈍了，千萬別替我磨。」鄒今圖轉身走了。

好刀就是不同。一刀下去，野草隨即齊根倒下，還發出「唰，唰」的聲音，很好聽。臨近收工，易風竹在蘇組長帶領下，開始丈量和統計每個人的割草進度，她倆發現張雨荷割草大有長進。

「你幹得不錯嘛。」蘇潤葭說。

過了兩日，蘇潤葭晚上臨睡前突然問張雨荷：「你是在用鄒今圖的刀割草吧？」

「是。」

「她把好刀送給你啦？」

「她說是借我用的。」

蘇潤葭繃著臉，說：「你要當心，別搞成黃君樹。」

張雨荷有受辱的感覺，氣沖沖地出了監舍，端個小板凳坐在房簷下。正巧姜其丹也坐在那裡。張雨荷把刀的事情跟她說了。

姜其丹只回答了一句：「依我看，蘇潤葭是好意。」

漫山遍野的草好不容易割完，只有易風竹還在幹收草的活兒，或垛起來做牛飼料，或燒成草木灰做肥料。草割光，綠色也隨之褪盡，露出一個個灰色的山頭。而變換的色調，最能說明夏天已悄然過去。阿彌陀佛！可以不割草了。張雨荷把刀交到鄒今圖的手上，說：「太謝謝你了。」

接過刀，鄒今圖用手指撫摸張雨荷的手背，說：「明年，我給你弄一把好刀來。」也不知有意還是無意，這輕輕的觸撫像銀針扎進穴位，強烈的震動和久違的柔情，隨著敏感的經絡擴展到全身。從「揉肚子」到「送好刀」，鄒今圖為什麼對自己這樣好？張雨荷不禁想到了黃君樹。

週日，女犯休息。見黃君樹端著臉盆，向值班幹事申請到外面的水溝洗衣服，張雨荷也端起臉盆，朝裡面胡亂丟進兩件衣服，和她站在一起申請洗衣服。出了監獄圍牆的側門，沿著石梯向下走百米左右，就是一條水溝，水溝的水是由山澗直瀉下來，雨多的時候，水溝的水就匯聚成水凼。水凼的水很清，也涼。黃君樹把衣服擱旁邊的草叢上，用臉盆舀水，把衣服打溼，抹上肥皂。她的側影很好看，尤其是鼻子，簡直與石雕無異。

「你怎麼不說話？」張雨荷問。

黃君樹淡淡地說：「我等你開口呢。」

「你知道我想說什麼嗎？」

「知道。」

張雨荷說：「知道啥？」

「你是不是想打聽鄒今圖？」

兩個人，不約而同地笑了。

張雨荷直接問來：「你倆要好吧？」

「不是要好，是狠——要好。狠，是狠心的狠。」

張雨荷發現安靜嬌小的黃君樹，開朗大氣。這讓她非常滿意。因為在監獄裡關押久了，人自會變得斤斤計較，能為一片肉的肥瘦，一碗粥的稀稠，而吵鬧不止，爭執不休。

「是因為孤獨嗎？」

黃君樹糾正道：「不，是因為需要。」

「你能多講幾句嗎？我感興趣。」

「你感興趣，還是因為她對你感興趣？」

張雨荷說：「你太聰明了。」

黃君樹帶著一點點譏刺口吻，說：「我知道，她半夜給你揉過肚子，還把好刀借給你用。」

「哎呀——」張雨荷叫起來，「是她告訴你的嗎？」

「她的一舉一動，我都有感應。」

張雨荷睜大眼睛，說：「這可太有意思了，我想，即使恩愛夫婦也沒到這程度吧？」

「這事說不清楚。但是，我可以告訴你——在這樣的環境裡，我太需要她了，她這個人，我怎麼說呢？用一句話來概括吧——最需要的時刻，她總能夠出其不意地出現在你面前。」

張雨荷心裡思忖：可不是這樣嗎？鄒今圖同樣也是出現在自己「最需要的時刻」。黃君樹還告訴張雨荷，自己與鄒今圖的「命相」實在太相似了：兩人出身都不好；兩人都讀到中學；兩人的身邊都有女傭伺候；兩人都是從刑事犯罪上升為反革命；兩人現在都是無父無母，將來出獄也是無家可歸。

衣服洗好，黃君樹用衣襟擦乾手上的水珠，望著晴好的天空，感慨地說：「岸上的魚會死於對一滴水的渴望，這就是我們『狠』好的理由。」

「你們太浪漫了。」

黃君樹再次糾正：「不是浪漫，是需要。」

第二節

陳慧蓮又病了。她老病，大家習以為常，做為組長的蘇潤葭，也沒問一句。

陳慧蓮對正待出工的姜其丹，懇求道：「你能陪陪我嗎？我不行了。」

「陪你？監獄沒有這個規矩。」說歸說，人隨即忙起來。在她的枕邊放上一杯開水，一塊打溼了的小毛巾，一疊草紙，還把張雨荷幫她買的糖果拿出兩塊，剝去糖紙，放在水杯旁邊。最後，她找到一塊髒兮兮的馬糞紙，裹成一個喇叭狀的小筒，用線固定住，擱在枕頭上端。

陳慧蓮把紙筒扒拉開，氣呼呼道：「把這麼髒的東西給我，做啥？」

「萬一你支持不住了，就用它喊啊！」

「我喊誰？」

姜其丹眼圈有點紅，說：「就喊——陳慧蓮要死了。有人聽見，就會來救你。」

陳慧蓮問：「要是沒聽見呢？」

「那你就再喊，使勁喊。」姜其丹怕忍不住要哭，趕忙跑開。

說陳慧蓮的罪名是裡通外國，既因為她是教徒，還由於她是從澳門回來，懷疑她是葡萄牙間諜。關在省看守所好幾年，查了又查。陳慧蓮是一九四九年從大陸出去的，家境優裕，第二任丈夫很有些錢。她與前夫有個女兒。女兒留在了大陸，高中畢業後在C市的一個大型工廠當幹部，是個積極上進的共青團員，為和「背叛祖國」的母親劃清界限，一直很少寫信。「大躍進」來了，女兒變了，信多了，信的內容是要東西，從大米到味精，啥都要母親寄來，把個陳慧蓮弄得三天兩頭跑郵局，包裹越寄越大，寄費越來越貴。她也煩了，決定親自帶一大箱包括米、麵、油、調料在內的食品，到C市看看很久未見的女兒和從未謀面的女婿。

分離太久，母女見面多少有些不自然，彼此也找不到多少話談。好在女兒女婿上班，早出晚歸。陳慧蓮素來喜歡熱鬧，逛街，打牌，聽戲，坐茶樓，下館子，偏偏這些東西已難覓蹤影。尤其是晚上，本該尋歡作樂，可街頭啥也沒有，別說霓虹燈，連路燈都是暗的。她記得往日這座城市有很多像樣的餐館和口味獨特的小吃。現在，偌大一座城居然沒有可食之物，每個人守著一份少得可憐的口糧。打從第三天起，陳慧蓮就不大出門了，一頭扎進廚房。

晚上，女兒女婿下班回來，見到一鍋白白的大米飯，一碟黃黃的肉鬆和幾塊四四方方的蘇打餅乾，他倆一擁而上，「媽呀，媽呀」地大叫，把陳慧蓮緊緊抱住，差點舉了起來。這哪裡是晚飯？簡直是大餐。一家人圍攏在飯桌周圍，看著，笑著，說著，亢奮著。從女兒熱烈的目光和甜美的笑容裡，做為母親的她獲得極大的精神滿足和心理補償。一頓飯下來，三個人親熱得真的成了一家人。在C市逗留期間，陳慧蓮隔兩天就給丈夫去信，講述所思所想，所見所聞，還說今後回到澳門可要好好過日子，因為生平第一次知道啥叫「日子」。

殘夏到仲秋，帶的食品消耗得差不多了。陳慧蓮準備坐輪船到上海，再轉乘飛機回澳門。

收拾行李的時候，女兒兩手撫摸著母親呢子短大衣，嘆道：「這衣服真好，是我這輩子沒見過的好大衣呀！」

陳慧蓮聽了，把短大衣脫下塞到她懷裡。女兒不肯收，陳慧蓮說：「我到香港再買一件，就是。」說罷，從小皮箱裡扯出件毛衣穿上，女兒一直送到碼頭。看著翻騰的水花和天空的浮雲，她心裡真的有些捨不得離開，盤算著明年一定再來，而且一定要再帶更多食品。

船駛離了碼頭，陳慧蓮的噩夢開始了。

她感到了疲乏，這一趟太累了，自己簡直成了廚娘，從甲板回到艙裡想小睡一會兒。誰知還沒走到艙門，三個高大健壯的男人攔住去路，低聲又厲氣地對她說：「我們是公安廳的，你被捕了！」

客輪抵達下一個碼頭，她「前呼後擁」地下了船，上了岸。一輛草綠色吉普車早就「恭候」多時了。一路風馳電掣，人押進了省公安廳看守所。鐵門「光噹」一聲關上，陳慧蓮頓感天旋地轉，彷彿從人間墜落到地獄，覺得太陽都熄滅了。開初人還算鎮定，一心巴望把事情說清楚，好回澳門。誰知審審，停停，停停，審審，「三年災害」都過了，她的問題還沒完。接著，又搞「文化大革命」，她的案子似乎被遺忘在抽屜裡。陳慧蓮聽說，不審不判興許是好事。不是有句話嘛：「寧蹲看守所蹲一年，不在勞改隊待一天。」因為前者是人犯，後者就是犯人了。就這樣，她被關押了七年。儘管也因傷心而流淚，也因無望而失眠，但畢竟是有信仰的人，有著很強的自制力。不像一般人跨進牢門就大哭，哭得死去活來；或者大鬧，鬧到挨一頓暴打。但是，陳慧蓮心底是無法平靜的，這個「無法平靜」的根源就是她的女兒。遭關押的幾年時間裡，丈夫不能從澳門來探視，還情有可原。居然同住一個城市的女兒也不來探視，哪怕只有一次，哪怕遞進來的是一張便條。

又是一個春節，陳慧蓮從狹窄的鐵窗望去，只見小小的一片天和雲。她捧著年夜飯——一碗回鍋肉，再次想到女兒。不過，這次不是「想」，而是「恨」。她是突然恨起來的！越想越恨，甚至覺得送行那一天，女兒要呢子外衣也是因為她早已知道母親坐監只許穿號衣！陳慧蓮深深責怪自己：為什麼要回到大陸探視女兒？餓就餓吧，讓她挨餓，六億人都餓。對遠在天邊的丈夫，陳慧蓮越來越惦念了，並反省從前只顧自己，對他不夠關心、照料不周，但轉而又想，天下男人都一個樣：和老婆分開的時間一久，會再找女人，何況他還是個有錢的男人。

親情一旦拋開，犯人就安心坐牢了。陳慧蓮就是這樣，日日看著自己的影子，聽著自己的呼吸。

張雨荷多少有些同情陳慧蓮：老來入獄，恐怕是人生最為不幸的事了。她偷偷對陳慧蓮說：「我一家人原來在香港。」

陳慧蓮喜出望外：「是嗎？你住哪兒？」

「油麻地。」

「啊，啊。」陳慧蓮像見到熟人，煞白的臉泛起一絲紅暈。

很快，張雨荷發現陳慧蓮常默默地注視自己。一次吃晚飯，大家排隊打飯，每人一個玉米饃，一碗煮南瓜。

陳慧蓮把自己的飯碗遞給姜其丹說：「我胃不舒服，你替我打飯吧。再請把我的那個玉米饃，送給張雨荷。」

姜其丹知道這種「拉扯」，是違反監規的，但她還是悄悄做了。張雨荷不肯接受，雖然她特別想吃那個額外的玉米饃。她走過去對陳慧蓮說：「你不吃，也不能給我。」

「我希望你吃飽。」

「為什麼？」張雨荷問。

「因為我上吊是一條路，你吃飽也是一條路。」

「為什麼我吃飽是條路？」

陳慧蓮看了看四周，壓低了聲音說：「你出獄後，會回到香港嗎？」

「我會，但我要先回到母親身邊。要走，母女也是一起走。」

陳慧蓮用熱烈的目光看著張雨荷，說：「你出去了，能替我做一件事嗎？」

「是去澳門，找你的丈夫嗎？」

「是的。」

張雨荷說：「你這樣信任我，就不怕我告發？」

陳慧蓮搖搖頭，說：「你知道一個人進來以後，渾身上下什麼地方變化最大？」

「不知道，也沒想過。」

「眼神。」

「真的嗎？」

晚上，尚未熄燈，張雨荷躺進被窩，取出壓在枕頭底下的小鏡子，對眼睛端詳。的確，眼睛的大小變化不大，可眼神還真的不大對頭了，不夠清亮。她想，這一定是關出來的「戾氣」所致，不覺有些佩服陳慧蓮。此後，她常去陳慧蓮的鋪位旁邊坐坐。

「陳慧蓮社會關係複雜，你少接近。」蘇潤葭又打招呼了。

張雨荷大為光火：「為什麼我稍微接觸一個人，你就制止我？」

「因為你是犯人。」

在監獄，任何感情都是有危險的。

第三節

鄧梅洗完澡，把換下來衣服丟進大木盆，一手拿著肥皂盒，一手提著木搓板，開始洗衣服。看了看天空，覺得很可能又要變天了，便挽起袖口，起勁地洗了起來。

在犯灶當炊事員的小妖精走到院子裡，討好地說：「報告鄧幹事，我給你燒鍋熱水吧。」

鄧梅頭也不抬，說：「好啊，你燒好了放在灶頭，等我最後洗完了，再燙。」

小妖精又說：「我來幫你搓吧。衣服沒幾件，又不髒，一會兒就洗完了。」

「不用——」她的話還沒有說完，易風竹就像旋風一樣，來到她跟前。

「張雨荷打架啦！」沒邁進中隊大門，就聽見易風竹她扯起喉嚨，高喊：「報告鄧幹事，張雨荷打架啦！血都打出來了。」

鄧梅皺著眉頭，問：「張雨荷會打架？和誰？」

「駱安秀。」

「還在打嗎？蘇潤葭怎麼不管？」

「管不住，兩個人還在打，打得渾身是血。就是蘇組長叫我回來報告，請鄧幹事趕快去工地看看。」

「我馬上就去。」鄧梅覺得事情有些嚴重，是要去看看，她把手擦乾，小妖精跟著把木盆端進犯人的廚房，麻利地洗了起來。

易風竹在前，鄧梅在後，工地就在山坡。女犯們正在修土馬路。每年入冬，農活少了，勞改隊和公社一樣，也要搞些「基本建設」，如修土馬路，挖蓄水池，加固工棚，修理工具。眼下修的路，就是女犯中隊通向山下場部的唯一的一條「馬路」。因為是土路，所以每年秋冬都要修補，這次修路則是由於一場大雨，有了多處塌方，中隊集中了幾個工區的女犯，有的鑿石，有的碎石，有的挖土，有的挑土。

到了工地，就見駱安秀不停地在破口大罵，一口一個「肏」，把張雨荷的八輩子祖宗都「肏」遍了。她領口敞開，露出長滿牛皮癬的脖子；牙齦有血流出，順著嘴角流出。

發怒的張雨荷「啊——啊——」地狂叫，兩眼通紅，嘴唇發抖。隨著駱安秀每一聲叫罵，她就像頭野獸一次次撲向對方。最初，因為駱安秀沒有防備，得了手。但接下來張雨荷不是被打，就是挨揍。最狠的是一縷頭髮被駱安秀一把揪了下來，髮根帶著血。跟著一腳，張雨荷一屁股跌倒在地，一隻鞋也不知道甩到哪兒去了。最慘的情景是駱安秀一把扯住她的上衣，死命向下拽，立馬上衣扣子全部拽光，露出了整個上身，小背心也遮不住乳房的形狀。

張雨荷也拚命了，用牙咬，用手抓。最後兩人扭作一團，在滿是泥漿的地上翻來滾去，全身從上到下都是汙水泥漿。駱安秀幾番騎在張雨荷身上，揮起老拳，猛擊張雨荷乳房，邊打邊說：「我騎你，就是肏你！」無人勸架，這是犯人們難得一見的熱鬧與稀奇，也是難得的娛樂和休息。

「住手！」鄧梅用腳尖踢了一下駱安秀的屁股。她正趴在張雨荷身上，用長了癬的臉去蹭張雨荷面頰、脖子和袒露的胸脯。

兩人收手，站了起來。張雨荷幾乎站立不住，一隻腳光著。鄒今圖找到被甩在草叢裡的鞋，塞到她的手裡。

鄧梅問：「你倆說說，為什麼打架？」

張雨荷痛哭不止。駱安秀一言不發。

鄧梅用命令的口氣，道：「蘇潤葭，你說說。」

「報告鄧幹事，我看到的情況是這樣的。今天的勞動任務是用碎石鋪路面。我把幾個工區的人分成三組。第一小組是用鐵掀把昨天敲碎、堆放遠處的石頭放進籮筐，這個小組裡幹活兒的有駱安秀和張雨荷。第二小組的人最多，任務就是運送碎石到正在修整的路面。第三小組由鄒今圖帶著少數幾個人負責把碎石鋪平、墊好。因為運送碎石的人多，大家都排著隊。本來無事，誰知幹到後來，張雨荷就和駱安秀吵了起來。張雨荷先講了一句：『你別欺負李學珍。』駱安秀說：『我沒欺負她。』張雨荷說：『你就是欺負她。』駱安秀說：『我怎麼欺負她啦？』張雨荷說：『你每次給她的籮筐裡加的石頭特別多，這不是欺負人嗎？』駱安秀說：『你說欺負，那我就是欺負。李學珍是反改造分子。』張雨荷說：『你太壞了。』駱安秀聽了，就罵開了：

『我肏你媽，你媽才太壞了。』張雨荷聽了，人撲了上去。兩人就打起來，誰也不聽招呼。」

弄清了原委，鄧梅先批評駱安秀不該罵人，後批評張雨荷不該打人，各打五十大板。

駱安秀立即檢討：「報告鄧幹事，我錯了，請政府寬大。」

張雨荷彎腰低頭，不開口，不認錯。鄧梅說：「張雨荷，你怎麼不認錯？難道你打人打對啦？」

張雨荷繼續沉默。鄧梅氣了，對圍觀的女犯說：「看什麼，有啥看頭？都給我幹活去。張雨荷，不檢討認錯，那就站在這裡。眼看要下雨，你有本事就站到收工。回到監舍，再繼續站，直到你開口。」

颳起了陰風，風從山谷吹來，天空的雲彩隨風滾動，越滾越低，人站在高原，那濃雲簡直就像要俯衝過來，遠遠地傳來呼嘯之聲，樹枝劇烈搖動。有經驗的犯人知道：雨快來了。

扣子扯沒了，風把張雨荷的上衣吹得鼓鼓的，真是狼狽之極，只能用兩隻手把衣襟死死按住。雨大滴大滴地灑下來，張雨荷有些怕了——擔心大雨澆頭，「澆」出病來，而勞改隊請病假，比登天還難。自從進了班房，目睹無數女囚的種種不幸，張雨荷認準一個理兒：一定要活著出去！絕不能倒，絕不能病，更不能死。

想到這裡，她開口了：「報告鄧幹事，我打架了，因為我不能容忍任何人侮辱我母親——」說到這裡，張雨荷嚎啕大哭，幾乎失聲斷氣，好像要把腸腸肚肚都從喉嚨裡吐出來。

鄧梅鬆了口：「看在老天分上，寬大你這一次。」

她低頭抽泣，一動不動，張雨荷自幼多少知道什麼叫「惜名知恥」。但自從失去自由，這些全然沒有了意義。

鄒今圖湊到鄧梅跟前，說：「報告鄧幹事，張雨荷的上身都露在外面，就讓提前回監舍換件衣服吧。」

張雨荷抬起頭，眼淚汪汪地看著鄒今圖，無數的感想和感動洶湧而來：高牆和鐵窗再高、再冷，屬於女人的心靈，還在。

過了一些天，張雨荷覺得自己的脖子老發癢，也沒在意，以為是蚊叮蟲咬。抓幾下，還是癢。後來，越抓越癢，若是出汗，那就不但癢，而且疼。癢勝於痛，為了止癢，不惜把自己抓到痛。她去找衛生員吳豔蘭，揚起脖子讓她看，說：「請看看，我的脖子是怎麼啦？」

「哎呀，這是癬！」

「癬？」張雨荷心裡登時就涼了半截。

吳豔蘭說：「我也奇怪，你怎麼會長癬？」

張雨荷腦海裡立刻浮現出和駱安秀打架的場景：自己被死死按在地上，她那張長滿牛皮癬的老臉就在裸露的臉上、胸前和脖頸，狠狠地蹭過來蹭過去。不僅把血蹭到自己的身上，還把長癬的細菌蹭到脖子上。人心就能這樣壞——張雨荷從來沒想過這個問題。找駱安秀理論嗎？一塊「癬」，張雨荷覺得不是大事，最大的事就是這裡的任何人，都可以肆意辱罵父母。自服刑以來，「父兮生我，母兮鞠我」的罔極之恩和「陟彼屺兮，瞻望母兮」的棘心之痛，是她難以承受的重負。在獄中什麼都是聽憑擺布，任憑驅使，唯有這一脈血緣，這一點神聖情感，需要守護。她也就是從獄中開始了對父母的最深刻、最持久的渴念。無論刑期多長、量刑多重，她知道在遠方，有一個屬於自己的家。那裡，有翹首企盼的淚眼，有一桌備好的熱騰騰飯菜。但是一聲「肏你媽」的侮辱，就輕鬆宣告自己的守護是無力的，也是無用的。

張雨荷跟吳豔蘭要一瓶癬藥水。吳豔蘭說：「勞改隊的癬藥水只有一種，是擦腳的，不能擦臉。」

「那怎麼辦？」

「你母親不是省城醫生嗎？寫信讓她寄兩瓶給你。」

張雨荷忍了一個月。一個月時間裡，紅色丘疹最初很像輕輕的炎症反應，之後形成鱗屑。一張臉成了邊界清楚的「地圖」：先是一小塊，後發展到半邊臉，再後癬又跨過鼻子……張雨荷照著小鏡子，苦笑著對蘇潤葭說：「如果鼻子是喜馬拉雅山，那我的癬已經從西藏翻越世界最高峰，到了不丹國。」

說話的聲音大，全監舍的人都聽見了。傻傻的李學珍冒了一句：「你趕快寫信給母親，讓她寄藥來，要不然你的癬還要跑到印度。」

這話說準了！張雨荷的脖子跟著就癢起來。事情再也不能拖了，寫信告訴母親，當然，沒有告訴這「癬」如何染上的。她又託要下山到場部領取農藥的鄒今圖：「給我買個大鏡子。」

「好好一張臉，你不照。臉弄到稀巴爛，你要照了。」

「對了，我就是要用大鏡子照癬。」

鄒今圖從山下回來，給她買了特別大的一面鏡子，鏡子的四角有用紅漆畫的小紅花。鏡面上端寫著「鬥私批修」。

張雨荷不滿地說：「你繡花的圖案好雅致，買個鏡子這樣俗氣。」

鄒今圖笑了：「現在的鏡子都是這個樣子，這叫花臉照花鏡。」

張雨荷舉起鏡子要摔，鄒今圖一把搶過來，說：「別摔呀，讓這『花』收那

『花』。」

人最容易受傷的，恐怕就是照鏡子。張雨荷嘆了氣，說：「連古板的王國維都說『最是人間留不住，朱顏辭鏡花辭樹』。花就花吧！本來就不漂亮，加上反革命，將來更沒人要了。」

鄒今圖小聲說：「我要，我要你。」

這話太刺激！張雨荷拿過大鏡子，匆忙轉身。鄒今圖追了上去，塞給她一個小紙包。打開一看，裡面是六顆嶄新的塑料紐扣。紙上用鉛筆寫了一句：趕快把扯掉的扣子釘上。這時，張雨荷不禁想起黃君樹的話：「我可以告訴你——在這樣的環境裡，她總能夠出其不意地出現在你最需要的時刻。」

張雨荷很快收到母親從省城寄來回信和一個包裹。信裡寫道——

雨荷吾兒：

接到來函，得知你長了癬，而且在臉上。這事，不可小視，你要做個長期治療、精心護理的準備。你那裡的醫療條件不充分的話，媽媽會盡量幫助你！放心好了。

我想，你大概是間接傳染所致。所以從現在起，你要記住自己是癬患者，千萬保管好自己的毛巾、臉盆，乃至衣服，不可在大意中傳染他人。

體癬由真菌感染，不會影響人的體內健康。你別背包袱，慢慢來，循序漸進，皮膚當然很癢，但不可因癢而不斷搔抓，這樣會加重。你要特別注意個人衛生，用溫水洗臉，少用肥皂。常常修剪指甲。吃東西盡量不吃辣椒。你會好的，我的孩子。

寄上水楊酸軟膏兩支，它是用於皮膚淺部真菌病，每日塗抹兩次患處，塗抹時不要擴大範圍，更不可弄到眼睛裡。記住，用前要把患部清理乾淨。還有一盒凡士林油，是塗在周圍臨近的正常皮膚，讓凡士林起保護作用。木盒子比較大，我就塞了些毛巾、手帕、衛生棉和一塊鹼性比較小的肥皂。如果這些物品違反了監獄管理細則，請你向管理幹部好好解釋，請求予以領取。

吾兒性情剛烈，你要好好勞動和學習，加強修養，接受監管。爭取政府寬大，早日回家，媽媽等你！

母字

吳豔蘭把軟膏仔細看過，羨慕地說：「有親屬的犯人，真好。」

張雨荷雙手捧起信紙，把它貼到長著癬的臉上。眼淚從信紙下沿流出。

服刑就是勞動，家是不能想的，生活是不能想的，什麼都不能想。

第四節

週日的清晨。張雨荷不時抬頭望去——真是大好天氣！山頂飄浮著淡淡的白雲，沒幾分鐘，就變成玫瑰色，又從玫瑰色轉為紫色，最後成了金色霞光。好天氣，加上不出工，難得一次好心情。張雨荷洗漱完畢，拿出枕邊的小木盒，把母親寄來的軟膏取出，擠出一點半透明的黃色軟膏放在食指指尖，對著鏡子仔細塗抹。在劇團，她看過許多女演員化妝，沒有一個鐘頭的工夫，根本不行。所謂「色藝俱佳」，她們心裡清楚，「色」永遠在「藝」的前面。描容和化妝就是給自己增「色」。此刻的張雨荷對著一面花鏡，突然有種化妝的感覺。

今天，她還要完成一件很重要的事，這件事，自被駱安秀又罵又打以後，她心裡就定下了，也是盤算好了的，沒跟任何人商量，包括她覺得有頭腦的姜其丹。平素吃早飯或午飯，張雨荷是最匆忙的，即使用鋁杓不停地往嘴裡塞飯，也常常最後一個吃完。為了這個，受了蘇潤葭許多嘮叨和白眼。今天的早飯，可以像在家中從容咀嚼，緩慢下咽了。一碗粥，張雨荷一杓一杓吃了半個小時。

飯後，她坐自己的鋪位上，眼睛就沒離開易風竹。見易風竹上廁所，張雨荷馬上也上廁所。

紮好褲子，張雨荷對易瘋子說：「我們到監舍的後牆，我有話說。」

「有話在這兒說不行？」

「不行。」

見張雨荷表情嚴肅，易瘋子同意了。兩人一前一後，到了監舍後牆。後牆連著一片菜地，由女犯中隊的菜園組管理，種的菜都很普通，如南瓜、四季豆、圓白菜、萵筍、辣椒、茄子、胡蘿蔔、白蘿蔔。這塊地種啥，女犯就吃啥。也種幹部們吃的菜。給他們種的菜，品種就豐富多了，而且不施尿素，用的是女犯的糞便。別瞧幹部吃的白蘿蔔個頭小，可脆可香。犯人吃的白蘿蔔極長極粗，但是「水誇誇」的，沒有一點蘿蔔味。應該說，張雨荷還在監獄裡，就懂得蔬菜施化肥和用有機肥的差異。

見菜園組的人一筐筐地往犯灶抬大白蘿蔔，易瘋子情不自禁地罵一句：「這大蘿蔔用來『日』菜園組婆娘，才合適。」

菜園組的女犯們聽了，咧嘴大笑。張雨荷十分不解，曾問過蘇潤葭：「易瘋子罵她們，她們卻高興，為啥？」

蘇潤葭輕蔑地說：「為啥？為了過乾癮。」

知道菜園組的女犯多是詐騙犯罪，而詐騙工具就是自己的身體。即使如此，就能說她們是在「過乾癮」嗎？張雨荷很不喜歡蘇組長的譏刺與睥睨。有人把易瘋子的髒話，報告給管理菜園組的陳司務長。不想，人家聽了也是笑。看來，監獄有自己的一套邏輯。

今天把易風竹弄到後牆的菜地，也是為了髒話。張雨荷說：「我今天找你是請你教我罵髒話。」

易風竹「嘿，嘿——」兩聲，撇嘴說：「張雨荷，你是有意害我吧？」說完就要走。

張雨荷揪住她的上衣後襟，懇求道：「我是真心的。」

「真的？」

張雨荷眼圈紅了，說：「易風竹，我勞改二十年，你總不能看著我挨罵二十年吧？」接著深鞠一躬，鄭重道，「師傅在上，受徒弟一拜。」

易風竹沒有料到張雨荷如此有誠意，顯得有些手足無措。她也高興壞了，說：「一輩子了，沒人叫我師傅。進了班房，倒當上師傅，收的徒弟還是個大學生呀！」

授課正式開始，她盯著張雨荷的眼睛，說：「肏！你跟我說，肏。」

只見張嘴，不見發聲。

「說呀！」易風竹一個勁兒地催，還齜牙咧嘴地幫她使勁。張雨荷張大嘴，一個「肏」字提到嗓子眼，就是說不出口，憋得臉都紅了。易風竹又站到張雨荷身後，自己罵一聲「肏」，就用手掌拍她的後背，彷彿要把「肏」字從張雨荷的後背拍打出來。

張雨荷急得哭。易風竹也急，瞪著眼睛說：「你能不要臉嗎？不要臉了，什麼樣的髒話都能罵出口。再說了，你別把髒話看得太重，說『肏你媽』就真是肏你的母親啦？監獄裡的髒話，就是為了出氣，解恨！」

這話靈了！「肏」字從張雨荷的喉嚨飛奔而出。

「好！」易風竹使勁鼓掌，用命令口氣說，「你罵『我肏』。」

「我肏。」

「我肏你媽！」

張雨荷跟上：「我肏你媽。」

易風竹開始一句句地傳授：「我肏你奶奶！」「我肏你八輩祖宗！」「我肏你家黃花閨女！」「我肏……」

「肏」字系列學完，易風竹開始教張雨荷學罵「日」字。

「日」字系列學完，易風竹開始教她形容男女的生殖器。她說：「你形容出來，那就是罵了。」

張雨荷說：「太下流，我不學。」

「還是學點喲，要不然人家說這些，你都不知道這話是在罵你。」

「真的嗎？」

「好，我考考你。你知道什麼是立口？什麼是橫口？什麼是賣了立口供橫口？」

「我根本沒聽懂，你再說一遍？」

她重複了一遍，張雨荷搖頭，說：「猜不出來，告訴我吧。」

「橫口是嘴巴，立口是婆娘的下身。和橫著長的嘴巴相比，臭屄就是豎著長的。菜園組那些小娼婦不是靠賣屄餬口嗎？所以我罵她們賣了立口供橫口。」

張雨荷呆了好一陣，嘆道：「看來，我這輩子學的東西都是沒用的。這裡管用的東西，我都不會。」

易風竹的老臉，浮現出難得的憂鬱，既像是對張雨荷說，也像是對自己講：「服刑就是混。混不好，還怕混不壞嗎？」

「我肏你四季花兒開，你敢不開？哪朵不開，我給你掰開。」這是跟易風竹學的最後一句罵人的話，形象且動感，讓張雨荷佩服得五體投地。

返回中隊的院子，張雨荷看見駱安秀拿著水碗，在跟小妖精要開水，便微笑著招呼她：「你過來，我有話說。」

駱安秀快步走來，張雨荷摟著她的肩膀，把嘴伏在她的耳邊，親親熱熱說了一句：「我肏你媽！」

第五節

陳司務長和丈夫是兩地分居，每年都享有一次探親長假。採茶季節結束，她帶著寶貝兒子看望在另外一個縣城工作的丈夫。

一月後，她穿著猩紅的大衣返回中隊，一雙辮子也剪了，剪成短髮，還用捲髮器把瀏海弄得像一根彎曲的香腸，緊扣前額。說不上有多好看，人卻精神了不少。監獄幹部任何細微的變化，都是女犯們感興趣的。一連幾天，猩紅色大衣和香腸式瀏海，成為無休無止的話題。為「瀏海緊貼腦門」到底好不好看，還引起爭執。總之，只要與「勞改」無關的瑣細之事，都能激發出女犯們的熱情。張雨荷初到，覺得這些女犯們太無聊，想不到才過一年，自己也這樣了。

易風竹最早發現，探親後的陳司務長和鄧梅愈發地要好了：兩人一起到幹部食堂去吃飯，兩人站在高臺一起嗑瓜子，晒太陽，織毛活兒。天氣好的話，陳司務長還和鄧梅一起到二工區工地，不僅看女犯勞動，還要再聊上幾句。不過，她選擇的談話對象都是像楊芬芳、鄒今圖、劉月影這類強健能幹的女犯，而話題只有一個：關於樹木——從樹木延伸到木材，由木材延伸到可以做家具的木材；由普通家具木材，延伸至做家具的優質木材。她們談話聲音不高，但也不迴避在場的其他女犯。

張雨荷很喜歡聽，怎麼說也比悶頭幹活有趣。她還多嘴，說：「我知道在家具木料當中，香樟，楠木，紫檀，最好。香樟做箱子，紫檀做桌椅。」

蘇潤葭瞪了她一眼：「陳司務長也沒問你。」

吃晚飯的時候，張雨荷問蘇組長：「陳司務長原來是學植物學的嗎？怎麼對木材有那麼大的興趣？」

這一問惹得蘇潤葭冒火：「別打聽幹部的事情，張雨荷，你先管好自己。」

「我不過就是問問，幹嘛發那麼大火。我明天問別人。」

蘇組長說：「你也不許問別人。」

氣得張雨荷端起飯碗，躲得遠遠的。

週六傍晚，是女犯最放鬆的時間，因為第二天是休息。每到這個時刻，張雨荷都要把母親的信翻出來重讀幾遍，琢磨明天怎麼給家裡寫回信。從外面傳來鄧梅的聲音：「蘇潤葭，你到隊部辦公室來！」

她去了，沒多久回來，對楊芬芳和鄒今圖說：「鄧幹事叫你倆到隊部辦公室去。」

沒多久，她倆回來了。易風竹問：「找你們啥事？」

楊芬芳說：「明天外出辦事。」

「辦什麼事？」

「不告訴你。」

易風竹追問：「你倆什麼時候走？」

楊芬芳說：「你還沒起床，我們已經就走了。」

聽了這話，犯人認定她倆是要進縣城，於是紛紛請二人代買日用品和食品。誰知素來溫和的楊芬芳一口回絕，說：「沒時間。」

張雨荷小聲問鄒今圖：「什麼差事呀？連買東西的時間也沒有？」

鄒今圖眨眨眼，卻也不語。

第二天週日，照例休息。張雨荷洗完衣服，把紙和筆拿出來寫家信，告訴母親治癬的情形：自擦藥以後臉上癬好多了，起碼是「版圖」不再擴張。信寫好，報告鄧梅，請求過目檢查，再封口。

鄧梅問：「你母親是看內科的，還是外科的？」

張雨荷說：「報告幹事，母親說，現在的醫院取消內科和外科，一律改成『六二六』醫療室了。」

「哦。」鄧梅說，「你的信，我收了，回監舍吧。」

張雨荷很想問一句：楊芬芳、鄒今圖去哪兒了？怎麼還不回來？還是沒膽子開口，乖乖地回到監舍。

山巒已是濃濃的藍黑色，星斗在高高的天空中閃爍。晚飯也吃過了，還是一碗水煮圓白菜，一個玉米饃。因為是假日，張雨荷吃得更慢了。像吃西餐那樣，用手掰玉米饃，一小塊一小塊地往嘴裡送。用杓子把大塊南瓜攪爛，滿碗橙色，假想眼前是一盤西餐的紅菜湯。她的心裡惦記著楊芬芳和鄒今圖。

天色黑盡，她倆終於回到中隊，很累的樣子。鄒今圖在脫外衣的時候，從口袋裡掏出三張葉片，匆匆遞給張雨荷。沒來得及說話，兩個人被陳司務長叫到隊部。

張雨荷撫開樹葉細看：葉卵形，厚厚的，有十公分長，葉脈分明，正面是有光澤的綠，背面是無光澤的灰，散發著香氣。這個氣味好熟悉啊！熟悉的氣味把張雨荷帶回到從前的家。家裡有兩個老式衣箱，打開銅鎖，從裡面散發出來的，不就是這個氣味嗎？香樟，肯定是香樟！她想：鄒今圖、楊芬芳今天幹什麼去了？居然有雅興到林子裡看樹？

半個小時後，二人從隊部回到監舍。女犯你一句我一句地問個沒完——

「你們白天究竟到哪兒去了？」

「是不是進縣城了？」

「你們幹什麼去了？」

「你們買東西了沒有？」

任女犯怎麼問，倆人就是不回答。這時小妖精走了進來，對楊芬芳、鄒今圖說：「陳司務長叫我燒了一鍋熱水。政府寬大，叫你倆好好洗個澡。」

她們洗完澡，又從犯灶的窗口拿了晚飯，一人一個玉米饃，很奇怪，楊芬芳和鄒今圖都沒吃那饃。易風竹跟著就罵開了：「兩個騷婆娘，路上碰到男社員和男犯人啦？是不是下頭日好了，上頭吃飽了？怪得回來連晚飯都不想吃。」

見楊芬芳、鄒今圖又跟小妖精再熱水洗衣服。易風竹的髒話，就又來了：「政府寬大，讓你們打水洗澡。你們得寸進尺，還要熱水洗衣服。我看你們是要用熱水洗喲，那上面有戳出來的湯湯，有流出來的水水，還有雞巴毛！」

見二人低頭洗衣服，不搭理，易風竹罵得就更起勁了。鄒今圖猛地把衣服從盆裡撈出，端起臉盆就朝她臉上潑去。骯髒的肥皂水把易風竹的頭髮淋個透溼，臉上也是，身上也有。

易瘋子跺著腳，「哦——哦——」地叫，用手拚命揉眼睛。顯然是肥皂水跑到眼睛裡去了。

張雨荷有些奇怪，平素犯人「打監鬧舍」，蘇潤葭早就報告幹事、靠攏政府了，起碼也是要出面制止。這次例外，坐在自己的鋪位上看著。

楊芬芳看不下去，趕忙朝著隊部大喊：「報告陳司務長！易風竹在罵人。」

「罵誰？」陳司務長從自己的宿舍裡出來。

「罵我和鄒今圖，說我們今天到外面是去偷人。」

「知道了。」

幾分鐘後，陳司務長和鄧梅走都來到二工區監舍。陳司務長面帶慍色，對易風竹說：「你把剛才罵人的話，再說一遍。」

「我錯了，我錯了嘛！請司務長寬大，請鄧幹事寬大，請政府寬大。」這幾句話不停地在嘴裡唸叨，肥皂水不停地往下流，可憐兮兮的。

見監舍裡裡外外都是看熱鬧的女犯，陳司務長提高聲音，說：「今天，我沒讓楊芬芳、鄒今圖休息，叫她倆上雄鷹嶺看看有沒有木材。咋啦？你不滿呀！易風竹你改造得好，覺悟高哇，監督起我來了。好，我叫你去立功。讓你明天下山，到場部幹部科告我，就說女犯中隊的陳司務長利用犯人休息的時間，給自己幹私活兒。」

易風竹苦苦求饒，兩隻手左右開弓，不停地搧自己的耳光，不知搧了多少個。眼看要到熄燈時分，陳司務長說：「你寫個檢查，我明天看。若寫得好，就寬大你。」

「報告鄧幹事，我不會寫字。」

鄧梅說：「叫張雨荷幫你寫好了。」

熄燈哨響過，監舍恢復平靜。易風竹跟小妖精要了一瓢冷水洗了臉，又換了衣，和張雨荷對坐在院子，愁眉苦臉的，不說一句。

張雨荷說：「你說呀，我來記錄。」

她哭起來。

「你一句話都不會嗎？」

她還是哭。

張雨荷急了：「快點呀，你說，我寫。寫完了，我們好去睡，明天還要勞動。」

她哭喪著臉說：「我不會說話，就會罵人。你就幫幫我吧！」

「這不等於我寫檢查了嗎？」

「嗯，我對不起你！以後易風竹罵遍所有犯人，也絕不會罵你。」這話，反倒把張雨荷逗笑了。

她一提筆，易風竹就不抹淚了。忽然，她碰碰張雨荷的肩膀，壓低了聲音說：「你注意，鄒今圖來了。」

「人家是上廁所吧。」張雨荷沒抬頭。

「不是撒尿，是有名堂。」易風竹說對了，鄒今圖沒上廁所，而是朝女犯們統一放置臉盆和碗筷的木架走去。木架設立在院子的一側，倚牆而立。每一個工區設一個四層木架，女犯們洗漱用具和餐具都集中在這裡，擺放位置是按照監舍裡鋪位的順序。張雨荷挨著蘇潤葭睡，二人的盆、碗、缸、杓、筷也就挨著擺放在一起。

「你看！」說著，易風竹又碰碰張雨荷的肩膀。

張雨荷停了筆，看見鄒今圖走到木架旁邊，便說：「她是要喝水吧。」

只見鄒今圖看了看四周後，從自己的上衣口袋裡掏出一個白色的東西，迅速擱進搪瓷缸子。之後，迅速離開。易風竹更加興奮了，神祕地擠著眼睛，對張雨荷說：「這不是鄒今圖的位置，是黃君樹的！那個白色的東西是個啥？肯定是吃的！我要去看。」

張雨荷沒來得及制止她，人家已經像個猴子，三蹦兩蹦地去了，又三蹦兩蹦地回來。如發現新大陸一樣，對張雨荷悄悄地說：「饅頭！饅頭！」

張雨荷眼珠大亮，仰望星空，吟詩般地嘆道：「饅頭，饅頭，有多久沒見到你？饅頭，饅頭，我多想把你捏到手裡，放進嘴裡。」

聽得易風竹大笑，說：「一定是陳司務長拿給楊芬芳和鄒今圖外出幹活的乾糧，一定是鄒今圖捨不得吃，留給黃君樹。看你那麼饞，我現在就去把它偷來，送給你吃，也算我謝謝你替我寫檢查了。」

「易瘋子！不許去拿饅頭，這事又牽涉了陳司務長。」這話靈驗，易風竹乖乖坐下。

黃君樹苗條的身影終於出現了，快速取走了饅頭。

第六節

高原秋天的到來，只需一陣涼風。陽光疏懶，飛鳥盤旋，看著錯落的山巒由綠轉暗，看著飄浮的薄雲和飄落的樹葉，心裡會生出許多惆悵。

整個夏天酷熱難挨，身體極累，監舍又熱，睡得也不好。好不容易熬到秋涼，最後一批秋茶也採盡掃光，女犯們開始「補覺」，連最喜歡在燈下做針線活兒的，也都早早睡下。張雨荷就更不用說了。學習會前，就漱了口，鋪好被子；學習會上，哈欠一個接一個；下學習會，就鑽進被窩呼呼大睡。

半夜時分，突然響起了急促的哨聲，所有監舍的電燈大亮。已經穿好衣褲的蘇潤葭大聲催促著：「起來！穿好衣服，都到院子集合，快！」

女囚們個個莫名其妙，驚慌地你看我、我看你，預感到監舍裡出了大事。

「什麼事？非要半夜把人叫醒。」張雨荷直嘀咕，極不情願地出了監舍的門。來到了院子裡，立馬傻了：身上只穿著背心和褲衩的鄒今圖和黃君樹，兩個人低著頭，站立在院子正中。鄒今圖似乎是有意地耷拉下濃密的頭髮，將前額和眼睛都遮掩起來。黃君樹的臉則完全褪去了血色。

風停了。月色銀白，瀰漫空中，給人一種空幻的感覺，又像一張柔軟透亮的紗帳，把大家罩在了裡面。每個人睡意全消，誰也說不清自己心裡在想什麼，木然站著。張雨荷問蘇組長：「她倆怎麼啦？」

「別問我。」

易風竹嘴快：「狗日的，兩人在被子裡面磨豆腐，磨得正起勁，讓起夜的蘇組長抓了『現行』，報告了鄧幹事。」

「啊！」張雨荷失聲叫道。

清點人數，女犯們列隊站好。蘇潤葭快步走到隊部辦公室：「報告鄧梅幹事，集合好了，只有陳慧蓮還在床上。」

鄧梅從隊部的高臺階緩緩走下，臉上看不出任何表情，對蘇潤葭說：「陳慧蓮沒有大病吧？」

「報告鄧幹事，好像沒有大病。」
「那就端個板凳，讓她坐著接受教育。」
陳慧蓮戰戰兢兢地被駱安秀架著拖出來，姜其丹舉著一件小棉襖追上，搭在後背。張雨荷不解了，平素還算平和的鄧梅，今晚怎麼啦？鄧梅對小妖精說：「給我拿把椅子過來，今晚的事情我要問個仔細。」
姜其丹嘴角微微翹起，自語道：「這種事也要細問，後半夜我們還能睡覺嗎？」
鄒今圖體質好，尚能挺住。可憐的黃君樹那修長的雙腿已經在打抖了，神色間的那分淒惶，讓張雨荷感到恐懼和哀傷。皓月當空，院子裡的一切都格外分明，但張雨荷眼裡，它已經成了一座幽暗的密林，自己也被拖進了密林深處，陰森逼人。
審問和批鬥開始了！
鄧梅用譏諷的口吻，問：「鄒今圖，你幹了一天活兒，晚上不好好歇息，到黃君樹的被窩裡加班去了？」
鄒今圖不作聲。

「我在問你哪！」

鄒今圖仍不作聲。

鄧梅轉而問黃君樹：「你來說，鄒今圖到你被窩裡幹啥？」

黃君樹用只有自己才聽得到的聲音回答：「她來看我。」

「放屁！」鄧梅笑道，「白天不看你，非要半夜看？站著不看你，非要躺著看？好，就算是去看你！那我問你，她到你被子裡看什麼？」

黃君樹答不出來。

死一般的寂靜。鄧梅摸著自己辮梢，慢條斯理兒地說：「你倆不說，我陪你倆，全中隊的女犯也都來陪你倆。無非大家熬個通夜，反正我明天又不出工。」說到這裡，鄧梅把頭揚起，對著所有女犯說，「你們一早可都要上山幹活兒。」這話很靈，立即有了響應，你一句，我一句：

「說呀！」

「快說呀！」

「快點坦白，我們也好去睡覺。」

「幹都幹了，還有啥不好說！」

鄒今圖還是不開口，黃君樹的頭更低了。

女犯們等得不耐煩了，小妖精猛地一聲喊：「報告鄧幹事，把兩個人的褲子脫了，看她們說不說。」

駱安秀立即附和：「她不脫，我來幫她脫。」

易風竹也來勁了：「好生看看兩個婆娘的臭屄，磨出繭子來沒有？」

有帶頭的，就有跟著的：「對，脫褲子！」

「兩個都脫！」

「脫哇，快脫！」

一片「脫」聲……

張雨荷的心驟然縮緊，暗自閉上眼睛。她沒有勇氣看下去，覺得這和批鬥巫麗雪時，李指導員用拳頭朝著巫麗雪美麗的眼睛猛擊，用硬頭皮靴死命地踹她纖細的腰沒啥區別，甚至還要殘忍。

這時，一個聲音從隊列裡傳出：「脫啥？太不文明了。臭屄人人有，又不是沒見過。」說話的是美國博士李學珍，說完她優雅地把漆黑的齊肩頭髮甩到頸後，一點不瘋癲。

半路殺出個程咬金，這多少讓鄧梅感到意外，幸有蘇潤葭等人及時給予回擊，高喊：「我們不懂啥叫文明！」

「磨豆腐就文明？」

「打！打死反改造分子。」

「打倒美帝！」

……

女犯們跟李學珍鬧開了，把她從隊列中拉出來，推到黃君樹的旁邊，一起陪鬥。駱安秀衝到李學珍跟前，狠踢她的腳踝骨，美國女博士頓時撲倒在地，沒人扶她。一旦成了犯人，你就是茅房的板子，說踩就踩了；你就是床下的夜壺，說尿就尿了。

憤怒的張雨荷憋不住了，對著駱安秀喊了起來：「你憑什麼打人？」

「就打，反改造分子人人可打！」

「監規裡有這一條嗎？」張雨荷也不示弱。

鄧梅起身，制止張雨荷與駱安秀的爭吵，喝道：「你們誰也不許說話！」她繼續追問鄒今圖：「你說呀，你鑽進人家的被子裡幹了啥？」

鄒今圖還是不說話。

「是不是死豬不怕開水燙啊？」這簡直是讓鄧梅下不來臺，她勃然大怒，「楊芬芳拿繩子來，給我綁了。」

恐懼能粉碎任何的銅牆鐵壁，一聲「綁」字出口，引來鄒今圖千般慌亂。她「撲騰」一聲跪下，苦苦哀告：「鄧幹事，我錯了，寬大一回吧！」

鄧梅扭過臉，高昂著，看也不看。

楊芬芳從監舍取來繩子，遞上。鄧梅看了看，說：「怎麼是一根？再去拿一根來！」

剛才還你一言來我一語，頓時沒人講話了，連咳嗽的聲音也沒有，院子裡靜得可以聽到各種昆蟲的唧唧聲。楊芬芳極不情願地又拿了一根。

鄧梅命令道：「劉月影，站出來！你和楊芬芳一人綁一個。」

劉月影說：「報告鄧幹事，我馬上就要滿刑了，讓刑期長的人來幹吧。」

「我叫的就是你。」

劉月影嘟囔著，走到黃君樹跟前。張雨荷以為這次綁人和以往一樣。但是，當看到鄒今圖和黃君樹是脊背靠脊背，屁股貼屁股，緊貼在一起，她心底如寒風掠過蓬蒿，一浪一浪地翻滾。兩根繩子並不是各綁各的，而是交叉捆綁，將四隻手臂反綁捆紮在一起，勒緊再勒緊，不消十分鐘，從胳膊到手掌就都變成紫色。這種刑法有個好聽的名字，叫鴛鴦綁，是專門對付獄中女女，牢內男男的。鴛鴦綁的疼痛程度，數倍於單人綁。因為任何一方的細微舉止，都會劇烈地扯動對方的軀體。也就是說，一個人在承受痛苦的同時也輸送給對方，讓對方也同時承受，且承受更多。捆多久，就相互折磨多久。要命的是黃君樹根本經不住「綁」，更何況是鴛鴦綁。她又是俯身，又是後仰，又是彎腰，又是扭臀，又是跺腳……說話細聲細氣的她發出的一聲聲叫喊達到變形的程度，如鋼針劃破玻璃時發出的尖利顫響。鄒今圖在自我克制，任憑黃君樹扭動，竭力站穩，緊咬牙關。承受不起的黃君樹大口喘氣，人也跪了下去。這一跪，就把背後的鄒今圖騰空甩起。鄒今圖痛徹筋骨，張著血盆大口，一顆咬斷的牙齒，落到了地上。她「哎喲——哎喲——」地慘叫，這已經不是人的聲音了。

突然，衛生員吳豔蘭跑到鄧梅跟前壓低了聲音，說：「報告鄧幹事，陳慧蓮的情形不大好，心臟病發了。」

聽到這話，鄧梅多少有些慌了：「蘇潤葭，姜其丹，你們把陳慧蓮抬回監舍。吳豔蘭，你趕快給她看看。」

吳豔蘭皺起眉頭，說：「她年齡太大，體質太差，在中隊衛生室治療恐怕不行。」

犯人咋整都行，一旦整出人命來，勞改幹部就要小心了。鄧梅把鄒今圖、黃君樹暫時撂下，親自跑到隊部辦公室打電話，和山下的勞改醫院聯繫。勞改醫院，是犯人給犯人治病的地方。有的犯人醫生的本事，比縣醫院的本事還大。一次，張雨荷牙疼，疼得實在受不了，鄧梅容許她到勞改醫院拔牙。不想，給她拔牙的竟是華西醫學院口腔科的醫生。她把自己遇到好牙醫的情況告訴了鄧梅。鄧梅說：「勞改隊有兩個地方是人才薈萃，一是醫院，二是劇團。」
「劇團？」張雨荷聽得瞠目結舌。
鄧梅得意地說：「對呀，生旦淨末丑，一行不差。
每年唱戲，省公安廳的人都要坐著大轎車來呢。」
一番耽擱，鄒今圖、黃君樹已雙雙倒地，叫喊也變成了呻吟。鄧梅快步走過去，蹲在地上，對著黃君樹厲聲逼問：「你說——鄒今圖到你被窩裡幹啥？」
「鄧幹事，我說了，你要寬大啊——」
「說了，就鬆綁。」
「她到被子裡，摸我。」
鄧梅撇嘴，道：「什麼叫『摸你』？就是搞你嘛！」
女犯們爆發出笑聲。
「怎麼搞？你要繼續交代。」鄧梅的話，把批鬥會推到了高潮，像剛施了肥的莊稼，個個都來了精神。

黃君樹吃力地吐出一句：「就是……就是……用手指摸我的下身。」

「摸到什麼程度？說！」

「手伸進去了。」

「幾個手指頭進去了？說！」

「先是一個。」

「後來呢？」

「又有一個……」

鄧梅再次逼問黃君樹：「她用了其他工具沒有？」

黃君樹只是搖頭，人昏了過去。

有了這樣的交代，鄧梅心滿意足，宣布：鬆綁，解散，睡覺，熄燈。

張雨荷渾身癱軟。回到監舍，蒙上被子，任憑淚水縱橫。

第七節

隊部決定把陳慧蓮送到山下，看病。

聽到這個消息，陳慧蓮很平靜，也沒向政府感恩，只是對蘇潤葭說：「讓姜其丹過來，幫我收拾東西吧。」

蘇潤葭經請示，同意了。姜其丹反倒不大情願，說：「不就是看個病嘛，有什麼可收拾的。」

陳慧蓮說：「要收拾，她不願意，能不能請張雨荷幫忙？」

張雨荷馬上表示：「我願意幫忙！」能在監舍裡多待一會兒，就等於少在山上幹一陣。

女犯們排著隊走出大門，開始了一天的勞役。平素走路快如風的鄒今圖，拖在了最後。張雨荷覺得鄧梅心太狠。剛動過刑，元氣大傷，就不能讓鄒今圖和黃君樹歇個小半天？可蘇潤葭說了：上了刑具，還得了休息，那叫懲罰嗎？

監舍裡，只剩下兩個人。張雨荷坐到陳慧蓮的鋪位上，說：「依我看，你就帶幾件換洗衣服，再帶點錢，就行了。很可能醫生診斷之後，開點藥，就打發你返回中隊。但是你千萬記住——請醫生開休息的假條。」

「就是回到中隊，我也要收拾東西。」陳慧蓮口氣堅決，還一個勁兒地從枕頭底下抽出她珍藏的白衣、白褲、白色毛巾、白手帕。每月幹部檢查監舍，都要翻檢囚犯所有的衣物。查到陳慧蓮，她的潔淨無比，她的一律白色，讓髒兮兮的女囚羨慕不已。

「你都帶上嗎？」張雨荷問。

「不帶，但也要清理好。」

她還有件淺灰色毛衣，八成新，開衫，鑲銀色金屬紐扣，好精緻，又漂亮。張雨荷看了看商標，驚喜地說：「開司米，英國貨。我媽媽也有這樣一件。」

「送給你吧。」陳慧蓮淡淡一句。

張雨荷說：「你出獄的時候穿上它，多美呀。」

「是嗎？」她隨聲漫應，淒然地笑了。

每個犯人的枕頭後面，都留有二尺之地，那是存放她們全部家當的地方。陳慧蓮的枕後，還有一個白、綠兩色的餅乾盒，鐵質，長方形，樣子很舊，盒蓋上寫著「CREAM CRACKERS」字樣。陳慧蓮說：「你把它打開。看看裝的是什麼？」

鐵蓋挺嚴實，張雨荷用力才掰開——啊，滿滿一盒子玉米饃片，每一片都切得薄薄的，用火炭烤得黃酥酥的，一疊疊碼得整整齊齊。犯人無時無刻不在感受飢餓，而她卻存著那麼多的「乾糧」，有點不可思議。

張雨荷問：「你怎麼不吃啊，存著幹嘛？」

陳慧蓮說：「我老了，吃不多。有的時候只吃菜，留下整個玉米饃，請值夜班的人幫我把它切成片，在炭盆上烤出來。當然，事先我跟兩個值班的說好了，一人可以吃一片。」

張雨荷說：「你也把餅乾盒帶到醫院嗎？我想醫院吃的東西，肯定比勞改隊強。」

「我要走了，連盒子都送給你。」

張雨荷急得值搖頭：「不行，這是違犯監規的，就是不違犯，我也不能要。」

陳慧蓮有些生氣，說：「到了這個時候，還說什麼監規。你趕快把玉米片拿去，別讓人家看見了，藏好。你餓了就吃，其實，也吃不了幾次。」

在獄中，一片玉米饃比金銀還要珍貴，張雨荷真的不知道自己是否該接受這盒重禮。

陳慧蓮指著那件開司米灰色毛衣，說：「請你找個機會，把它拿給姜其丹。」

張雨荷伸手摸摸她的額頭，說：「你怎麼啦？別說昏話。送出去的東西可要不回來呀。」

陳慧蓮說：「我的腦子很清楚。」

外面有人在催陳慧蓮，聽聲音，好像是洗菜的小妖精。陳慧蓮慌忙從裌襖裡層的貼身口袋裡掏出一個小布條，神色凝重，雙手遞給張雨荷。她接過來一看，那上面寫著澳門的一條街道名稱，一個門牌號碼，一個男人姓名。

張雨荷問：「是你丈夫的地址、姓名嗎？」

「是。你會出獄的，出獄後你若願意，請按這個地址給他寫封信。就說——我愛他。」

「我愛他」，三個字──張雨荷很久、很久都沒聽到過了，眼睛湧出熱淚，一下子抱住陳慧蓮，說：「你的病會好的。」

陳慧蓮伸出乾癟的手掌，拍拍張雨荷的臂膀，說：「我不是病了，是疲倦了。所有的幸與不幸，都已經交給了上帝，人生再也沒有事是重要的。」

張雨荷忽地想起，問道：「你不是有個女兒在大陸嗎？我要有可能，就先和她聯絡吧！即使丈夫離你而去，你也能和女兒在一起度過晚年，多好！」

陳慧蓮臉色陡變，嘴角顫抖，她顯然在竭力抑制住自己的情緒。張雨荷也意識到剛才的話，很可能讓她傷心了，忙說：「對不起，我提起女兒，讓你傷心了。」

「我一點不傷心。你知道嗎？正是她的檢舉，把我送進了監獄。」

張雨荷大為震驚，簡直不敢相信，喊道：「為什麼？為什麼她要這樣？」

「因為沒有信仰的人，什麼事情都能做出來。」

陳慧蓮趴在小妖精的背上，一步一步邁出中隊大門的時候，張雨荷竭力露出笑容。別了！那一刻，她覺得衰老的陳慧蓮特別美，臉上綻放出生命中殘存的光彩。張雨荷手裡攥著那縷布條，內心有一種神聖感。

沒等太陽落山，荒原已經帶著很深的涼意。今天，女囚們幹活兒不覺得有多累，因為有話題了，話題就是陳慧蓮。有人說，她病得那麼重，肯定住院了。有人說，醫院不會收留快死的人，肯定要背回來。有人說，小妖精無論怎麼說，她這回辛苦了。愛多嘴的張雨荷卻不大說話，陳慧蓮行前的一抹微笑，不停地徘徊於心田，揮之不去；而對其女兒背叛行為的種種揣測，也不斷地浮現於腦海，思緒紛亂。姜其丹也不參加討論。她偷偷地從張雨荷手裡接過開司米毛衣的時候，不禁朝著天空祈禱。

「都別說話了！」忽然，蘇潤葭喝道，「你們聽，是不是有人在喊我的名字？」

易風竹眼快耳靈，聽了一陣，說：「是小妖精在喊！」

女囚們面面相覷：小妖精喊什麼？有啥可喊？或把人送進醫院住下，或把人原封不動地背回來，何須一路大喊「蘇潤葭」？

蘇組長對易瘋子說：「你到山路那邊接應一下，她是不是摔著了。」

易瘋子像風一樣，飛奔而去。大家完全無心勞動，也無心議論。空氣裡瀰漫著不安，在不安中焦急，在焦急中憂慮。儘管在政治犯罪裡裡通外國是最最反動的，儘管大多數女犯與陳慧蓮毫無往來，但長刑期犯人對「意外」和「死亡」都有一種共同的敏感——因為任何的意外都與自己的處境相通，任何人的消失也都猶如失去自我。蘇潤葭的臉色非常陰沉，多年的牢獄生活使她有所預感。

遠處，隱隱傳來了哭聲，所有女囚都停止勞作，一起朝蜿蜒的山路望去。終於看到小妖精和易瘋子兩人哭泣著，相互攙扶著，獨無陳慧蓮。

小妖精哭得聲音嘶啞，走路也是一瘸一拐，完全沒有了在犯灶掌杓的神氣。

蘇潤葭問：「陳慧蓮呢？」

「死了。」易風竹說。

死了？所有女囚都瞠目結舌。姜其丹衝到小妖精跟前，瞪著眼睛，扯住她的衣襟，喊道：「死了？她怎麼死了？你怎麼搞的？」

再也支撐不住的小妖精，跌坐在地。又哭又說，語無倫次，像丟了魂一樣。好半天，大家才聽明白——

原來她背著陳慧蓮，一口氣跑到設在場部的勞改農場。誰知人家不收，就給開了點藥，讓原路背回。當時小妖精就急了，央求再三。倒是陳慧蓮從口袋裡掏出五毛錢，說：「好了，好了，你別再求了，我也不治了。我們先找個地方吃飯，我好想吃碗白米飯。」飯桌上，陳慧蓮一再招呼小妖精要吃飽，一碗不夠，再添一碗。午飯後，兩人上路了，因為起碼要翻五個山頭。

小妖精畢竟不是每天上山勞動的人，她感到背上的人越來越重。俗話說得對呀，人背人，背死人。兩人走得很累，很慢。走到雄鷹嶺的林密陡坡，陳慧蓮說：「把我放下來，我要解手。你也好休息休息。」小妖精把她放下，說：「你就在路邊撒吧。」陳慧蓮說自己是解大手，說完便向陡坡走去。等了幾分鐘，人不見回來。小妖精忽然覺得事情不大對頭，趕快跑到陡坡，哪有她的蹤影？頓時亂了方寸，亂走亂找。陡坡下面是懸崖，小妖精嚇得尿了褲子。她高喊陳慧蓮的名字，一聲接一聲，沒有應答，只有回音。

陳慧蓮死了，張雨荷覺得陳慧蓮是自己存心去死，她盼著化成清風，飛過了雄鷹嶺，向東，向東，回到澳門。

隔了一段時日，一天下午，收工回來，沒讓女犯洗臉吃晚飯，就吹哨列隊集合。見所有的幹部都站在高臺上，大家都以為是要鄭重宣布陳慧蓮失蹤的消息。不想，對陳慧蓮的事隻字未提，好像這裡從來沒有這個犯人。緊急而嚴肅的集合是因為要傳達最高指示。張雨荷很奇怪：監獄從不傳達領袖的最高指示。主席所有的講話，犯人只有從每晚的省報上看到。原來這次例外，是因為偉大領袖的指示是針對犯人的。

中隊所有的幹部列隊站成一排，中隊長用非常洪亮的聲音，說：「你們聽好了！我們的偉大領袖最近針對監獄管理，發出了新的指示。」

張雨荷激動了，心想：是不是宣布大赦？是該大赦了，監舍都塞得滿滿當當的。誰料中隊長宣布的最高指示，只有一句：「要把罪犯當人待。」據說，是老人家在一份監獄管理工作的彙報材料上的批示。張雨荷還想聽下去，可是就只有這一句。中隊長又說：「文件發下來後，上級要求要傳達到所有的監獄、看守所、勞改隊，讓所有的犯人都知道。所以，今晚我們及時傳達，學習會就不讀報了，討論主席的最新最高指示。」

學習會上發言踴躍，一致表示：人民政府從來都是把罪犯當人待的。到了最後，鄧梅見姜其丹始終不發言，兩臂抱膝，眼望天花板，就點了她的名，說：「姜其丹，你說說對最高指示的感想。」

「報告鄧幹事，我的感想是——要把罪犯當人待，陳慧蓮就不會死了。」

瞬間空氣凝固了，女犯的心都懸在空中，等著鄧梅發威。繃著臉的鄧梅不說話，只把眼睛瞟了瞟蘇潤葭。

蘇潤葭心領神會，接過了話頭兒：「如果沒人發言，我就把明天要幹的活兒布置一下……」

學習會散了，鄧梅尚未離開監舍，就有人在哭泣，漸漸地哭聲連成一片。把監獄當成家的蘇潤葭，臉上也泛起忽忽若失的惆悵。

鐵窗冷冷，刑期渺渺，對接受改造的和抗拒改造的，都一樣。

第八節

人死了，屍體呢？對此，女囚關切，議論紛紛；幹部焦慮，爭執不休。要知道，無論犯人是正常死亡，還是非正常死亡，都是要通知家屬的——說明情況，領取遺物。當然，這「情況」有多少真實性，這「遺物」是否為全部，只有天知道。所以，陳慧蓮是死是活，是必須派人到雄鷹嶺，下到山崖底下去一探究竟。按照女犯中隊的幹部分工，這事當由鄧梅負責。但是二工區的女犯發現，積極找屍的不是鄧梅，而是陳司務長。

一大早，鄧梅即派出楊芬芳和鄒今圖，由小妖精帶路，重回陳慧蓮出事地點找人或尋屍。

目送二人的背影，姜其丹對張雨荷說：「你知道，我在想什麼？」

「希望能快點找到，無論死活。」

「不，我希望她們找不到。」姜其丹的語氣堅定。

張雨荷很吃驚，問：「為什麼？」

「永遠睡臥大地。多好。」

「這不是暴屍嗎？」

「不是暴屍，是回到自然。」姜其丹瞇縫著眼睛凝望天空，說，「其實我這樣說，無非是安慰自己。我昨晚一夜都沒合眼。想她，也在想自己，想一個犯人今後的歸宿。想來想去，覺得真的到了無路可走，陳慧蓮的死，也是一條路。上帝也會寬恕她。」

因為陳慧蓮的事，工地上比以前沉悶多了。下午四點多鐘，楊芬芳、鄒今圖從雄鷹嶺回來了。衣服全被汗水溼透，臉上和手臂都有劃痕，人累得連話都不想說。姜其丹第一個跑著迎上去，急切地問：「找到她了嗎？」

二人不答，只是搖頭。

蘇潤葭也是疑惑不解，皺著眉頭說：「我不止一次地去雄鷹嶺伐木燒炭，靠著馬路的坡度並不大，陳慧蓮又老又病，即使拚老命跳下去或者是不小心，沒站穩滑下去，估計也摔不了多遠。你們怎麼就找不到呢？」

鄒今圖立刻回敬她：「蘇組長，我倆是笨蛋，你明天自己行走一趟。」

楊芬芳跟著說：「為了找人，我們穿過你說的那個燒炭的青棡坪，再往下走，就越走越陡，簡直就是陡壁懸崖，好在峭壁上長著很大、很老的松樹，還有樟樹、楠木。樹幹粗壯，樹枝交錯。我倆就憑藉這些大樹，像猴子一樣，從這棵樹爬到另一棵樹。就這樣往下走，又下到幾十米的地方，居然發現從峭壁的亂石上，居然橫著伸出一塊巨石，有青棡坪大小。我們趴到巨石的邊沿，探出身子向下看。天啊，懸崖直上直下，深不見底。哪有陳慧蓮？」

蘇潤葭又問：「有沒有可能，她先摔在青棡坪，後來滾下懸崖或者自己跳了下去？」

姜其丹插話了：「陳慧蓮萬一掛到樹杈上，沒死呢？」

鄒今圖有些生氣，說：「我和楊芬芳沒本事，沒看到人，也沒找到屍。我去報告鄧幹事，讓你們這些能幹的明天去雄鷹嶺看個究竟。」說完衝出監舍。

「去就去，我也正想去。」姜其丹也不示弱，其實，她心裡清楚，即使自己想去，幹部也不會派她去——怕她也去學陳慧蓮。

你一言，我一語，比討論「最高指示」熱烈多了，都認為陳慧蓮是自尋短見，只是找不到屍首，讓人不解。

正吵得熱鬧，鄧梅和陳司務長傳出話來：叫楊芬芳、鄒今圖到隊部辦公室彙報情況，接著又叫蘇潤葭去。等蘇組長回到監舍布置二工區勞動任務的時候，大家發現，新增加了兩項。一是為了對陳慧蓮的死因負責，派楊芬芳和鄒今圖再去雄鷹嶺探明情況，同時帶上伐木工具，附帶砍樹。二是由蘇潤葭帶上張雨荷也去雄鷹嶺，到青棡坪燒炭，因為冬季快來了。

「伐木，幹啥？」張雨荷大感興趣，見無人回答，便悄悄問楊芬芳。

楊芬芳說：「這是陳司務長的私活兒。她說這次春節回家，發現家具不夠，要添置幾件。剛好聽見我們說在雄鷹嶺懸崖沒找到陳慧蓮，倒看到樟木、楠木，她和鄧幹事說好，讓我們給她砍幾根。」

「她把木料送回家嗎？」張雨荷問。

「才不呢！男犯裡有的是木匠和漆匠。把家具做好，漆好，用大卡車拉回家去就是。」

「她付錢嗎？」

「付個屁。」

又伐木，又燒炭，單這兩個名詞，就足夠張雨荷興奮的了。一年三百六十五日，農活重複，日子循環，單調枯燥，突然有機會換個新鮮活兒幹，多好。不高興的是楊芬芳、鄒今圖。特別是鄒今圖，氣得滿臉通紅，坐在自己的鋪位上，一而再、再而三地用自言自語的方式「訓」楊芬芳：「彙報嘛，就說尋屍好了，非要說看到了楠木。哪怕找到紫檀木，也不會給我倆減刑呀！逞能吧！搞不好，我們當中有一個還要送命，成為陳慧蓮第二。」

張雨荷聽到，吃驚地問蘇潤葭：「砍樹會死人？」

蘇潤葭答：「砍木頭不會死人，背木頭會死人。」

「什麼叫背木頭？」

蘇潤葭不答不理的，臉上看不出一絲「內容」，只把眼睛望著別處。

青棡木，是上等的製炭材料，砍下樹幹和粗的側枝，剔除枝葉，截成一節一節，平放在地，擱置一兩天，以揮發一些水分，再送進窯內。窯內排列的節節青棡木，也有講究，一根挨一根，一層疊一層，密密實實的——張雨荷興致極高，幹勁十足跟在蘇組長後面，亦步亦趨學燒炭。頭頂的巉岩，腳下的峭壁，左右的參天老樹，無不帶著陰森和憂鬱。但這一切到了張雨荷眼裡，卻成了異樣風景，彷彿是置身於西洋油畫之中。

燒炭的窯是舊的，長方形，用磚與泥砌成。好不容易等到「點火」環節，張雨荷躍躍欲試，蘇潤葭不讓，要自己動手。她叫張雨荷在一旁「和稀泥」，說：「等火點燃，見火苗升起，你就用稀泥封窯口。窯的頂部有裂縫，也要稀泥重新抹平。」張雨荷兩手捧著稀泥，按蘇潤葭指揮東塗西抹，直到她滿意為止。

齊活了！青煙從窯頂漸漸飄散出，淡淡的，不絕如縷。蘇潤葭從口袋裡摸出一枝菸，絲絲地吸著，對張雨荷說：「這窯炭，肯定好！」

「該吃飯了。」蘇潤葭一句話，張雨荷早就飢腸轆轆，忙問：「吃什麼？」

「烤土豆。」

「啊！」張雨荷又是新奇得不得了，看著隨便挖個坑，看著隨便把土豆扔進去，看著隨便用泥土蓋好，看著隨便找些樹枝架上，看著隨便點上火，看著隨便坐在地上，看著，等著！餘燼尚未燃盡，一股久違了的食品芳香就撲鼻而來。土豆熟了。

張雨荷閉上眼睛，深吸一口氣，說：「好香！」

蘇潤葭一邊剝著土豆皮，一邊走到岩石邊緣處，向下探頭喊道：「吃飯了！」張雨荷知道這是在叫楊芬芳和鄒今圖，便也跟著大喊。

過幾十分鐘，楊芬芳、鄒今圖帶著一身的木屑、一臉的汗水爬了上來。

大概是累了，她倆都不怎麼說話。

楊芬芳說：「我們還有饅頭呢！」

蘇潤葭從自己的小背兜裡取出用毛巾包著的八個饅頭。張雨荷覺得很像那晚上鄒今圖偷偷送給黃君樹的樣子，圓圓的，白白的，高興得咧著嘴直樂。

楊芬芳說：「我來給烤饅頭，你們等著。」

略帶焦黃色的饅頭遞到張雨荷手裡，她竟有些捨不得吃——一嚥下去，就再也看不到了。

吃烤土豆，嚼烤饅頭，喝岩石滲出的泉水——張雨荷樂得心花怒放，情不自禁哼了一段樣板戲，說：「我希望天天這樣勞改。」

楊芬芳撇嘴說：「你現在唱，過兩天就輪到你哭了。」

沒錯，把樹砍倒，成為木材，就「輪到你哭了」。

當鄒今圖用三寸寬的布帶子，把一根比自己體重還要重的楠木，從上到下、從胸到臀，死死捆綁在身後的時候，驚駭萬分的張雨荷，已然魂飛魄散。她哆哆嗦嗦問：

「我就這樣背著它向上爬嗎？」

楊芬芳答：「是。」

「身子都動彈不得，我怎麼爬？」

「慢慢爬，但身子絕對不能搖晃。」

「我萬一搖晃呢？」

「一搖晃，連人帶木頭就都下去了。」

「這就是背死人？」

張雨荷哇哇大哭。楊芬芳雲淡風輕地飄過來一句：「我說對了吧，該輪到你哭了。」

鄒今圖瞪了楊芬芳一眼，說：「別嚇唬她！你嚇唬，她的腿軟，就更容易出事。張雨荷，你小心就是，我會跟你後面，我會用手掌托住你的腳跟。但是，你千萬、千萬記住！身子一點都不能搖晃。」

張雨荷抹著眼淚，說：「記住了，可我還是怕啊！」

「別怕，我不死，你就會不死。」

張雨荷感到自己的生命就要「定格」在這裡，結束在一個誰也不知道的苦寒流放之地，化作一抔土，一堆灰。心亂如麻，心亂如麻！無論如何，自己也要多停留一會兒，拖延一下：「蘇潤葭，我想解個大手，興許是剛才吃得太多了。讓鄒今圖把布帶子解開，陪我去那邊解個手，我也可以輕鬆點。」

見人哭得一把鼻涕一把淚，蘇潤葭答應了。

進了密林下的草叢，張雨荷就撲進鄒今圖懷裡。當生命以死亡為代價，才弄清楚自己真的需要實實在在的活著。那是一種飢渴，強烈到無以名狀；那是一種突發的慾念，慾念即要滿足當下的衝動或心意，不顧一切。而眼前這個鄒今圖是誰？她不是女囚，是地母，胸懷廣闊；她不是女子，是男人，紮實強碩。一念豁然，迷津得渡。強大的吸附力，讓她帶著絕望而沉溺。張雨荷的意外之舉，引來鄒今圖的激情和騷動。有如高壓閥門被打開，哪怕後果是爆炸。到處是葉片、雜草、樹枝、泥石，以及因燒炭而瀰漫於空的煙塵，她們不在乎，監獄生涯使得她們習慣了粗糲、原始和骯髒。兩個女人死死扭纏交錯，彼此吞噬。鄒今圖款款引導，輕淺得像一條溪流。張雨荷全身顫動，好像掉進了溪水，漫過了乾枯的堤岸。乳房因撫摸而紅脹，腿間因摩擦而溼潤，密吻的間歇，張雨荷張著嘴大口大口地喘氣，自己甚至都聽到了血脈賁張的聲音。

她們不約而同地感覺到時間！可怕的時間，好比中秋望月，看上幾分鐘，即可歸家。為月色而不負佳期，因可能降臨的死亡，而忘記各自的經歷和當下的危險。對張雨荷來說，更是屬於全新的感受——自從關進監獄，多年的絕對孤立隔離早把心靈風乾。不想，這「死別」般的擁吻，激情的摩擦，似有若無的「侵略」，都復甦了一個人所有的生活體驗。縮緊的血液和深埋的情愫剎那間流暢起來，生命的脈絡歷歷可見。哪怕是對方的手掌一把捏住自己細長的鎖骨，也都化為神祕的活力在內心翻騰，並迅速傳遍每一根神經，痴絕又癲狂！無數的感想洶湧奔騰，原來自己還活在人的世界。已不是無憂的年輕戀人，也不是成熟的調情老手，她們的情感需求和性愛衝動是斑駁歲月、孤絕處境、長期壓抑狀態與人之本性的「對撞」和「雜交」。做一次情慾的俘虜，做一回天性的奴僕，而疲憊的身軀和漂泊的靈魂，彷彿有了短暫的棲息和停泊。一切都是合理的，也是顛倒的。但是，伴隨著「快樂」，張雨荷也分明感到內心的激情糅合著深深的悲傷、哀苦、無奈與恐懼。「享有」刑期，但不享有生命。所以一有機會就緊緊抓住，她們無比珍惜，用唇，用眼，用舌，用手，互相尋找，眼睛發光，灼灼閃閃、似笑非笑地彼此瞅著。只能親歷和感受，卻不知緣由。不管了，放任一次吧，任衰陽掠過身軀，任往事拂過心際。如果遵守規則，那自己就要錯過青春時期僅有的生機和樂趣。張雨荷覺得自己的一生都在等待處決，唯有和鄒今圖是個例外，也唯有這事把自己的生命翻了個面兒。

最初的羞恥與恨意漸漸模糊，消散開來。人最怕的，是無所愛。

第九節

晚上，監舍要熄燈了。

「張雨荷，馬上到我這裡來！」鄧梅站在高臺上，厲聲喊道。

「是。」張雨荷嚇得腿軟，肯定是「偷情」事發，心如海裡的浪，江上的濤，腦子裡浮現的是那「鴛鴦綁」的慘景。她迅速地瞟了鄒今圖一眼。人家淡定如神，木梳刮頭，一下又一下。

張雨荷一頭倒在床上，風獵獵，馬蕭蕭，寒冷從腳趾開始，從光裸的腳底向上攀爬蔓延。蘇潤葭說：「你怎麼躺下了？聽見沒有！鄧幹事在喊你。」

「是。」說這個「是」的時候，覺得自己的牙齒都在打顫。從二工區監舍到中隊隊部，也就幾十米的距離。張雨荷一步，一挪，一搖晃，簡直比紅軍二萬五千里長征還長。挪到鄧梅宿舍門前，她用盡氣力，喊：「報告。」

「進來。」

「是。」張雨荷剛進門，身體虛得趕緊把後背「貼」到了門板上，額上滲出汗珠。

「你病了嗎？」鄧梅見她這副「鬆」樣，也有點吃驚。

「沒病。我沒病。」

鄧梅指著一個小板凳，說：「你坐下。」

坐下？叫自己坐下——哈！張雨荷立即返陰回陽，恢復知覺。她用眼睛迅速「搜索」，發現小方木桌上放著一碗湯麵。碗裡漂浮著黃黃的雞蛋花和紅紅的番茄片。沒來得及收住目光，一個男人的身影從房間的角落裡走了出來。他三十多歲，細高個子，皮膚發暗，不大不小的眼睛藏在一雙濃眉之下，還帶著點文氣。淺藍色襯衫放進棕色卡嘰長褲裡，一條黑色皮帶鬆弛地繫在腰間。整潔精幹的樣子，讓張雨荷感到新奇和意外。

男人說：「我是鄧梅的丈夫，叫沈鴻飛。這兒有碗麵是給你做的。你馬上吃，就在這裡吃。」這話足夠張雨荷頭暈目眩。渾厚的聲音像是從天外飛來。

「鄧幹事，我——」這突如其來的「福音」，讓張雨荷慌亂到不知所措，連話都說不利索了。

鄧梅笑了，說：「他一直在最偏遠的地方監管軍犯，習慣於用命令的口氣講話，你別不好意思，讓你吃麵，你就吃。你在這裡不能耽擱太長。沈幹事對你有話說。」

不知是掩藏於深處的自尊心驀地冒了出來，還是出於乍見生人的拘謹或是女性的矜持，嘴饞的張雨荷竟不敢去端那碗麵。

沈鴻飛二話不說，走過去一把將張雨荷拽到小板凳跟前。張雨荷乖乖坐了下去，鄧梅遞過來一雙竹筷子。

沈鴻飛與鄧梅是一個學校的同學，又一起分配到勞改農場。從同學到夫妻，如水到渠成。沈鴻飛愛讀書，喜思考，說話有條理，富於邏輯性，在勞改隊裡，最難應付的犯人是軍犯，他們不是國民黨軍人，幾乎是個個難纏。於是，就讓他到軍犯隊當幹部。軍犯隊大多設在偏遠惡劣的地方。沈鴻飛不在乎，他有進取心，又有辦法，遇到難題常常表現出「四兩撥千斤」的本事，很快站住了腳。沈鴻飛不怎麼用刑，卻很受軍犯的佩服。不久，被提拔為指導員。但是，也為此付出了健康。腹部不是疼，就是脹，終日渾身乏力，眼皮老是腫腫的，顯出與年齡不相稱的老相。去勞改醫院，去縣城醫院，先以為是腸胃不適，後認為是肝脾有病，啥藥都開了，也都吃了，反反覆覆，就是不見好。

張雨荷把麵吃完，湯也喝乾。沈鴻飛的談話，也到了開門見山：「張雨荷，聽說你的母親在省立醫院是個很有名的內科醫生。是嗎？」

「她是北京大學醫學院畢業的，工作幾十年了。」

沈鴻飛說：「我想找她看病。」

「她現在靠邊站了，在食堂打雜。」張雨荷回答。

「有本事的，很多都靠邊站了。這沒關係，我能見到她就行。」

張雨荷有些為難地說：「母親在一封信裡說，醫院搞改革，內、外科都不分了，一律叫『六二六』醫療室。」

沈鴻飛接過話頭：「我知道什麼是『六二六』。這是毛主席在一九六五年六月二十六日寫的關於衛生工作的批示。他嚴厲批評中央衛生部不是為人民的，應改叫城市衛生部或老爺衛生部。老人家又說，讀書越多越蠢，醫學教育用不著高中生、初中生，高小三年級就夠了。城市醫院只該留下畢業一兩年、本事不大的醫生，其餘的都到農村去，主要是在實踐中提高。總之，醫療衛生工作的重點要放到農村。」

張雨荷讚嘆道：「沈幹事，敢情你對醫院工作也熟悉呀。」

「不是我熟悉，是報紙上都有。張雨荷，實話告訴你，正因為連外科內科都不分了，所以我看病更得找你母親。」

「問題是我母親怎麼給治療和開藥？」

「不要她治療和開藥，主要是做出診斷——到底我害的是什麼病？」

張雨荷很願意為這個叫沈鴻飛的服務，圖的不是桌上的一碗掛麵，而是他有可能成為母女暗中互相溝通的橋梁，一方面把自己的真實境況告訴母親，另一方面再把母親的真實消息帶給自己。想到這裡，張雨荷心頭一酸，眼淚潸然而下。

沈鴻飛說：「想母親了吧？」

「是。」

「放心吧，我會安慰老人家的。你是政治犯，單靠勞動表現是很難減刑的，即使減刑，也是一年半載。政治犯的關押和釋放更多地取決於形勢。形勢變了，死刑犯都有可能『一風吹』。所以，你的任務不是凡事強出頭，而是忍耐加等待。」這一席話所表現的見地和勇氣，讓張雨荷大為震驚。難怪，眾多的軍犯能服從他的管教。

沈鴻飛話鋒一轉：「張雨荷，一定要遵守監規！否則形勢好了，你仍然難以釋放。最近，你和鄧今圖很接近，在雄鷹嶺伐木，你倆在野地草叢搞了一陣，對吧？」

「沒搞，就是親熱。」張雨荷的臉頓時紅了，紅到脖頸。

「別狡辯，親熱就是搞。」

張雨荷怯怯問道：「你怎麼知道的？」

鄧梅插話了：「人家蘇潤葭把木頭交到陳司務長手上，也就把檢舉材料交到我的手裡。我把事情跟鴻飛說了。鴻飛給我出主意，讓我先向陳司務長透露消息，看看她如何反應？」

「為什麼要先告訴她？」張雨荷不懂了。

「因為事情要弄清楚，勢必要調查陳司務長的私自伐木。幹部違規和犯人違法攪在一起，是勞改工作的大忌。」

「後來呢？」

「陳司務長急了，做了幾個菜給我送來，希望我把這份材料扣下來。砍木頭和同性戀都不提，就像根本沒有這回事兒。」

聽到這裡，張雨荷鬆了一口氣。

接著，沈鴻飛開始「教育」張雨荷：「你和鄒今圖的關係就叫同性戀，軍犯裡最多，不止有男同男，還有人與獸。這方面，我的見識比你多了。不奇怪，人嘛！但是你要知道，幹這種事在我們國家是犯罪，叫雞姦。人要戴帽子，叫壞分子。總之，要堅決取締和打擊的。」

張雨荷申辯道：「這件事絕不像你們想像的那樣，我也不是黃君樹。」

鄧梅不耐煩了，說：「我既不追究，你就別辯解了。你和黃君樹是程度不同，但性質一樣。」

也許因為沈鴻飛有求於張雨荷，她的態度有些強硬起來：「性質就是不一樣。」

沈鴻飛制止了她繼續說下去：「別講了，你要感謝鄧梅，是她把事情壓了下來，沒向隊部彙報。我再說一遍，你今後要遠離鄒今圖。你不替自己想，也要為母親著想。」

最後一句話，讓張雨荷閉了嘴。

沈鴻飛繼續說：「你現在就給母親寫個字條，簡單介紹一下我們夫婦和你的關係。我拿著你的字條，去省醫院找她。」

張雨荷很快寫完。沈鴻飛看後，說：「你的字，很不錯。」緊接著又說，「現在，你可以回監舍了。不過走之前，把黏著油花的嘴角擦乾淨。」末尾一句，讓她很不好意思。

夜裡，張雨荷失眠了。

母親忙碌的身影，父親孤介的靈魂，穿越漫漫時空，直逼過來，顯得那麼強大，那麼親切。在充滿了恐懼、猙獰、冷酷的世界裡，思念是能夠在黑暗中重新點亮的火把，使自己不至於被黑暗輕而易舉地淹沒。張雨荷知道，父母是自己生命的出發點，也是終點站。人從哪裡來？又到哪裡去？即使出獄，除了家人，也再無他人可以依憑。有如南行的候鳥，哪怕隔了一個世紀，也要摸索著飛回原處。想到這裡，她深感對鄒今圖的舉動太輕率，輕率到狂亂！是出於現實的需要，將來刑滿了，和親人團聚了，還需要嗎？這是在用一種混亂抵禦另一種混亂，是對鄒今圖情感的欺騙。痛心的是，一個人的自私在苦難中盡顯無遺，還把個人情感生活塗抹得像一幅亂糟糟的草圖——張雨荷內心的沉重和自責，隨之而來。

茶樹進入了病蟲害防治階段。整個茶園都要噴灑一次波爾多液。秋天的天空，像冰一般的澄澈。有大雁飛翔的身影，也有小鳥的嘹嚦之聲。出工沒多久，沈鴻飛背著草綠色挎包在鄧梅的陪同下，來到工地。這在以往是很少有的情形。有的女囚跟沈鴻飛打招呼：「感謝沈幹事，來工地看我們。」但她們很快發現，沈鴻飛是看張雨荷的。

鄧梅一個人查看波爾多液的配製，張雨荷則跟在沈鴻飛身後，走出了工地，來到一棵挺立的杉樹下。

沈鴻飛問：「你很久沒照相了吧？」

張雨荷答：「報告沈幹事，在公審大會上的照片，是我最後一張留影。」

「我現在給你照一張，帶給你母親看看。」

張雨荷搖頭，說：「我不照，一身囚服，醜死了。她看了會傷心的。」

「還是照吧。」沈鴻飛不容分說。

張雨荷見他從挎包裡掏出照相機，就不再說什麼。其實，心裡也是想照的。

「你站在美麗的杉樹旁邊，頭頂著淡藍的天空。好，別動了，媽媽看了一定高興。」

張雨荷趕忙整理頭髮，也希望能把自己拍好點。

拍完了，沈鴻飛滿意地點點頭說：「回工地去吧。等我從省城回來，我們再見。」

就這麼簡單幾句談話和「喀嚓」一聲的拍照，讓張雨荷彷彿回到塵世，看到天堂！她欣喜不已，雙腮粉撲撲，眼睛閃亮亮，腦海裡想的都是母親和沈鴻飛見面的各種情景：也許在醫院，也許在街上，還有可能在家裡呢！

今天幹活兒，張雨荷和鄒今圖共用一臺噴霧器。雖然都戴著口罩和手套，但不妨礙兩人說話。鄒今圖看張雨荷心不在焉的樣子，心裡明白了八九分——還不是因為工地上來了沈鴻飛。應該說，自己的第六感覺早就有所預感了。她忍了再忍，終於先開口，用試探的口氣說：「那晚，鄧幹事把你叫到她的宿舍，好像她丈夫也在場。」

張雨荷答：「是。」

「有事嗎？」鄒今圖問。

「沒事。」

「沒事，怎麼待那麼長的時間？」

「你管得著嗎？」張雨荷嘴角緊閉，把開關擰到最大，藍色的波爾多液如發情般地噴射。

鄒今圖說：「我剛問一句，你就不高興。心裡想啥啦？」

心裡想啥啦？——問話裡潛藏的敵意和醋意，簡直是羞辱性的。張雨荷用噴霧的「槍桿」使勁敲打茶樹的樹冠，以此發洩即將爆發的怒火。

鄒今圖見她不回答，就更加不滿，又問：「剛才沈幹事又找你單獨談話啦？」

什麼叫「單獨談話」？張雨荷覺得眼前的這個人活像從地獄裡鑽出來的魔鬼，將沈鴻飛視為「風月男」，把自己當作「調情女」，充滿邪氣，無情又無恥地撕碎了腦海裡設計的沈鴻飛與母親見面的動人場景。她一把扯下口罩，直瞪瞪地盯著鄒今圖，問：「你管得著嗎？」

「我管得著！」鄒今圖也是針鋒相對，寸步不讓。

張雨荷停下手裡的活兒，惡狠狠地大喊：「你憑什麼管我？就憑地上打了個滾，身上摸了幾把？王八蛋！」髒話如流水般地從張雨荷嘴裡湧出。當把「王八蛋」三個字罵出了口，她也暗自吃驚：神不知鬼不覺，自己什麼時候成了易風竹？

鄒今圖的臉都青了，緩緩地摘下手套，把手掌舉到張雨荷鼻子跟前，嚴肅地說：「憑這個。」

見兩隻紅腫的手掌，上面道道血痕，點點瘀斑，歪七扭八地貼著橡皮膏。張雨荷嚇得叫起來：「你的手怎麼啦？」

「叫什麼，還不是因為你。」

張雨荷問：「因為我？」

鄒今圖說：「是因為你。幾次背木頭，你每挪一步，我都用手掌穩住你的腳跟。你的麻窩子（即用極粗的麻繩編織的一種鞋，套在布鞋或膠鞋上面使用，很能防滑）戳破了我的手掌，扯開好大的口子。我用橡皮膏貼也沒用，白天拿不住針，晚上疼得睡不著覺。」

在懸崖峭壁背木頭，體力消耗極大，一個人一天充其量只能走一趟，所以要連續幹好幾天才能把陳司務長的木料背完。這也就是說，無論背多少趟，每走一步，鄒今圖的手掌都墊在張雨荷的腳掌之下。不能為自己一點需要，平安和快樂，看著別人遍體鱗傷。即使沒有風月，也不能沒有人性，況且兩個女人的情事已滲入身體和味道裡。張雨荷感到非常懊悔：覺得自己不能、也不該翻臉。她迅速冷靜下來：你糊塗啦！沈鴻飛怎麼比得了鄒今圖？前者是為了看病，後者是為自己捨命。即使放縱不好，那也強於絕望。豁出去了，繼續「風情」、「曖昧」下去。身處一個極度壓抑的環境，所有的感情都是破碎的，無常的，也是極端的。這時，再看一臉無辜的鄒今圖，張雨荷真的無地自容了，深感自己是虧欠她的，永遠地虧欠，是個終身負債人——從那把鋒利的鐮刀開始，從半夜揉肚子開始，從幾粒衣服扣子開始，從……很可能，出於「需要」，這種「虧欠」還會延續下去，自己根本償還不起。這是個劫難嗎？無法救贖而唯有沉淪。

張雨荷自幼性情剛烈，態度決絕。看著鄒今圖的「血掌」，她決心尋求彌補，以血還血。是的，只能以血還血！收工的時候，她第一個跑回工棚，像俠客一樣，飛快地抽出鄒今圖割草的刀，尖利，雪亮，刀鋒閃著寒光。這是她們初次交往的「見證」，也是相好的「信物」。張雨荷的袖子高高挽起，站在工棚門口，胸膛劇烈起伏，眼睛朝天，大吼：「你們都別進來，我等鄒今圖！」

女囚們止住腳步，只會拿筆的人，竟拿起了刀？向來從容的蘇潤葭也慌了，喝道：「張雨荷，你要幹啥？」

張雨荷說：「不關你事。」

鄒今圖出現了！張雨荷右手緊握刀柄，睜大眼睛猛地朝著左臂砍去，頓時血流如注；再用刀尖扎進裂口，用力地挖，似乎是要挖出一塊肉來給人看。

姜其丹一把奪過刀，說：「你瘋啦！」

張雨荷大慟，叫道：「鄒今圖，張雨荷也有血！」

不管愛與恨，到了極點，都是血淋淋。

尾聲

幾個印有省立醫院標誌的小小藥口袋，一件當時極其少見的「的確良襯衫」，把沈鴻飛偷偷去省城看病事情洩露出去。把滿腹狐疑彙報給場部領導的，不是別人，恰恰是和鄧梅要好的陳司務長。

沈鴻飛做了檢查，檢查時沒有涉及張雨荷的母親。但他的同事和上級都疑心這事與張雨荷母親有關。本來要調他到場部獄政科當科長，這下子「歇」了。「歇了」也值，因為沈鴻飛的病獲得確診，排除了肝癌。

嚴寒已經過去，春天尚未來臨。一天中午，場部來了兩個幹部，宣布張雨荷收拾行李，調到全部是三至五年短刑期的刑事女犯中隊，繼續服刑。

張雨荷一邊抹淚，一邊收拾行李。她也不知道眼淚為誰而流，易風竹安慰地說：「別哭，這不是調動工作，坐牢到哪兒都是『坐』。」

張雨荷眼巴巴望著鄒今圖，突然跑過去，伸出留有一道深深刀痕的胳膊，激動地說：「我無法報答你，我會記得你的。」

「記得就是報答。」鄒今圖攤開手掌，密密的傷口癒合後，留下淺淺的印記。

有這樣一句話：「人是一種你不能離他太遠，又不能離他太近的動物。」這種異乎尋常的愛，只能受納在心裡，且縫縫補補一輩子。而這於人生，是很殘酷的。

鄒今圖真的是個故事，以傳奇開始，以傳奇結局。

她刑滿釋放，坐滿二十年，一天不少。雖是孤身一人，但還是想回老家看看，中請後很快獲准。中隊幹部對她說：「假如在老家能找到老房子、老親友，還是回到家鄉好。」

翻過元寶山，淌過沙白河，經過藍白巷，來到鄒家墳。「今今來了，我是今今——」鄒今圖淚流滿面，長跪不起。

供上香蠟紙錢，她意外發現這裡不僅有父親的墓，還有母親的。母親的遺骸如何來到這裡？是留玖沒有死？還是另有好心人？

頭上的天顯出藍色，大地無聲，遠樹無形。

二〇一二年夏至二〇一三年春

於北京守愚齋

後記

在那樣一個把公園樹林裡男女相擁的場景都視為流氓行為的年代，我是比較早地知道什麼是同性戀的人。

一方面是因為學醫的母親。她像講隔壁鄰居日常生活瑣事那樣，向我講述過同性戀。事件的女主人是有名的湖南軍閥的千金小姐，丈夫是個上海商人，也有了孩子。後來，一個女人深度介入她的生活，成為新伴侶。一日，兩個女人在浴室的親暱動作被丈夫發現，很快演變為兩個女人砍殺一個男人的「兇殺」場面。男主人公在一九四九年前後，還是我家常客。這個真實的故事比小說生動，聽得我頓時傻掉。

同性戀知識的另一個來源，則是我所學習的戲曲專業。大學畢業，我進了劇團，戲班裡常有同性戀。

有人說，由於同性戀沒有生殖動機，所以更多地把性行為視為「娛樂」，或者乾脆就叫「玩」。我不否認這個觀點，但是很不全面，甚至不準確。其實，很多同性戀者並不把性行為看得那麼重。她（他）們很注重情感！真的。白先勇有不少小說和散文涉及這方面的題材，在長篇小說《孽子》裡，集中了許多筆墨展示了同性戀者的感情世界和日常生活，呈現他們「正常的」的「人」的一面。而且，同性戀之間的確存在著非常強烈的激情，「竟如同天雷勾動了地火，一發而不可收拾起來」。我在《鄒氏女》裡，之所以設計了讓張雨荷舉起利刃朝自己的手臂砍去的驚駭之舉，也是想告訴人們，同性戀世界有著「以情索命」的慘烈感情。白先勇畢竟是大家，在《孽子》中他所期待的「父（傅崇山）子（傅衛）」之間從對抗走向相互理解，分明隱喻著主流社會對同性戀者的包容與接納！白先勇做為一位同性戀作家，率先以創造方式，以小說形態，完成了對自己性取向的坦誠和認同，並「向社會發出了公平對待同性戀者的呼籲，表現了一個作家寬闊的人道主義的胸懷」。（劉俊《情與美——白先勇傳》第二〇六頁，時報出版）

女性同性的社交之間，是有情慾表現的。若用澈底的「去性慾化」處理，那就不符合事實了。但就個人而言，我不想採用澈底的性交描述：摸來舔去，手腳並用，前庭後院，輔以工具等等，似乎唯有以女女性交為坐標，方可取得女同志的身分認同。我不是女同志理論的研究者，對這個問題認識淺薄。但我知道：在實際生活中，女女間的親密從牽手，到接吻，到撫摸，到上床，「女性情誼」是非常漫長而曲折的，要到哪個階段才算是身分確認？我想自己若寫出女女之間曖昧流動、纏綿繁複的情誼，或許更符合中國文學中「無需言明」的浪漫傳統。

我極其固執地偏向於文字的乾淨，含蓄。「兩個女人死死扭纏交錯，彼此吞噬。鄒今圖款款引導，輕淺得像一條溪流。張雨荷全身顫動，好像掉進了溪水，漫過了乾枯的堤岸。乳房因撫摸而紅脹，腿間因摩擦而溼潤，密吻的間歇，張雨荷張著嘴大口大口地喘氣，自己甚至都聽到了血脈賁張的聲音。」這是我在《鄒氏女》裡寫下的女女交歡的一段，僅此一段。的確，它比較模糊，且不刺激。我正是希望用這種「曖昧」態度來開啟讀者的想像。有了想像，女女間交歡時的親熱動作，就都可以揣測出更豐富的場景來。張愛玲在《流言》裡有這樣一段：「有天晚上，在月亮底下，我和一個同學在宿舍的走廊上散步，我十二歲，她比我大幾歲。她說：『我是同你很好的，可是不知你怎麼樣？』因為有月亮，因為我生來是一個寫小說的人。我鄭重地低低說道：『我是……除了我的母親，就只有你了。』她當時很感動，連我也被自己感動了。」臺灣學者張小虹認為正是這段一直讀不懂的片段，展現了瑰麗浪漫的色彩，並認為女女之間確有「情境式的女同性戀」，充滿著「從年少到白首的與汝偕老」的意願與想像。我喜歡這樣的描述！帶著一點點詩意。

留玖是用墨較多的一個。她是個什麼樣人？是男人的靈魂鎖在女人的身體，是男與女的整合體——這是我對她的概括，也是我對她的迷戀。留玖對鄒開遠有恩，對金氏有情，對鄒今圖有恩又有情。在一個以「出賣他人、背叛情感」為家常便飯的社會裡，留玖像是天外來客。在她身上，我傾注了敬佩和愛意。她也是有原型的。生活中的「留玖」能從廚房操起菜刀，追趕她的情敵。環顧四周，儘管現在人才濟濟，卻已很難看到「血性」之人和「捨命」之舉。《鄒氏女》的結尾，我設計了一個疑問——出獄的鄒今圖意外發現母親的遺骸安葬在父親的旁邊，這是誰做的？其實，在我心裡早有回應：留玖沒有死，是她安葬了金氏。老邁的她頑強地活著，等今今刑滿歸來。

鄒今圖成為同性戀者，是先天帶來的，還是後天的熏陶？這幾乎是無法說清的。在一個絕禁任何私人情感的環境裡，她保留著個人感情的正常需求，懂得人與人之間的情感交流與經驗。她不漂亮，但吸引人，她也精於吸引。所以，當張雨荷初次割草，割得眼淚長流的時候，鄒今圖把鋒利的刀從空中拋了過來。當張雨荷初次到縣城胡吃海塞，要撐破肚皮的時候，鄒今圖半夜鑽進她的蚊帳，施展十指功夫。當張雨荷在工地被人家揍得扒掉了衣服的時候，鄒今圖讓她回監舍遮羞。這一切都發生過了，張雨荷驟然面臨死亡，她絕望地倒入鄒今圖的懷裡，二人擁吻，相互觸摸，自是順理成章之事。文稿寫畢，曾給臺灣一位資深編輯過目。他來信說，不是同性戀的張雨荷同鄒今圖搞到一起，是「意外之舉」，深感突然。讀了這封信，我很傷心，問題不在於小說寫得如何，而在於因大陸與臺灣的環境不同，因為各自的經歷不同，彼此的感受、感覺與判斷竟可以如此對立。坐牢十載，我重新認識了我：自己的情感世界並非因為沒有異性的存在而退化，反而愈發強烈。強烈需要愛，也強烈需要被愛，而且不管你是異性還是同性。到了坐牢後期，連做夢都是「黃色」的，清晨起來，我曾為這樣的「夢」而羞恥。後來，我想通了——我「黃」了，因為我是「人」。記得有一次，在陳樂民先生遺作展覽開幕之前，我和陳丹青站在會場外閒聊，說起監獄的同性戀問題。我說：「握手是個再普通不過的動作，可以握到麻木不仁。但是你到了監獄，感覺就澈底變了，突然有個人的指尖無意碰到的肌膚，儘管她也是個女的，但自己可以激動得渾身顫抖，徹夜回想。希望她再撫摸你！」他聽了，瞪大眼睛說：「寫出來，你要寫出來！」

現在，我們可以看到描寫同性戀的電影、繪畫和小說，但在現實生活中，很多人仍不能接受同性戀事實。家長如果發現自己的兒子是個同性戀，定會勃然大怒，腦子裡想到的是躲在陰暗角落「胡搞」的一群。這與監獄裡用「鴛鴦綁」懲罰鄒今圖、黃君樹在本質上沒有什麼不同。大家究竟應該如何認識它？這裡，我想引用李銀河也說過的一段話：「倘若生活中存在著完全不能解釋的事，那很可能是因為有我們所不知道的事實；而不知道的原因卻是我們並不真正想知道。比如我們以前不知道同性戀的存在，是因為我們是異性戀；我們不知道農民為什麼非生很多小孩不可，是因為我們是城裡人。人類學和社會學告訴我們的是——假如我們真想知道，是可以知道的。」（李銀河《同性戀亞文化》第四六三頁，內蒙古大學出版社）

二〇一三年三月
寫於北京守愚齋

新人間 245

鄒氏女

作者—章詒和
主編—李國祥
董事長—趙政岷
出版者—時報文化出版企業股份有限公司
108019臺北市和平西路三段二四〇號三樓
發行專線—（〇二）二三〇六—六八四二
讀者服務專線—〇八〇〇—二三一—七〇五
（〇二）二三〇四—七一〇三
讀者服務傳真—（〇二）二三〇四—六八五八
郵撥—一九三四四七二四時報文化出版公司
信箱—10899台北華江橋郵局第九十九信箱
時報悅讀網—http://www.readingtimes.com.tw
電子郵箱—genre@readingtimes.com.tw
法律顧問—理律法律事務所 陳長文律師、李念祖律師
印刷—勁達印刷有限公司
初版一刷—二〇一四年十二月十二日
初版二刷—二〇二二年九月十三日
定價—新臺幣二五〇元

時報文化出版公司成立於一九七五年，
並於一九九九年股票上櫃公開發行，於二〇〇八年脫離中時集團非屬旺中，
以「尊重智慧與創意的文化事業」為信念。

鄒氏女 / 章詒和著 -- 初版.
-- 臺北市 : 時報文化, 2014.12
面； 公分 --（新人間 ; 245）

ISBN 978-957-13-6143-7（平裝）

857.7 103009548

ISBN 978-957-13-6143-7
Printed in Taiwan